Kegyelmi

仁慈的关系

Viszonyok

[匈牙利]
克拉斯诺霍尔卡伊·拉斯洛
著
余泽民 康一人
译

Krasznahorkai
László

浙江文艺出版社
Zhejiang Literature & Art Publishing House

图书在版编目（CIP）数据

仁慈的关系 /（匈）克拉斯诺霍尔卡伊·拉斯洛著；余泽民，康一人译. —杭州：浙江文艺出版社，2023.8（2025.10重印）
ISBN 978-7-5339-7235-6

Ⅰ.①仁… Ⅱ.①克… ②余… ③康… Ⅲ.①中篇小说—小说集—匈牙利—现代②短篇小说—小说集—匈牙利—现代 Ⅳ.①I515.45

中国版本图书馆CIP数据核字(2023)第083805号

仁慈的关系

RENCI DE GUANXI

作　　者:[匈牙利] 克拉斯诺霍尔卡伊·拉斯洛
译　　者：余泽民　康一人
责任编辑：王莎惠
封面设计：董茹嘉
封面插画：董茹嘉
责任校对：唐　娇
责任印制：吴春娟
数字编辑：姜梦冉　诸婧琦

出版发行：浙江文艺出版社
地　　址：杭州市环城北路177号
邮　　编：310003
电　　话：0571-85176953(总编办)
　　　　　0571-85152727(市场部)
制　　版：浙江新华图文制作有限公司
印　　刷：杭州高腾印务有限公司
开　　本：880毫米×1230毫米　1/32
字　　数：97千字
印　　张：6.625
插　　页：4
版　　次：2023年8月第1版
印　　次：2025年10月第2次
书　　号：ISBN 978-7-5339-7235-6
定　　价：**78.00元**

目录

Kegyelmi viszonyok

序：他看透了人与人隔绝式的依存

余泽民

《仁慈的关系》是我在匈牙利用匈语阅读的第一本小说，至今大约有二十年了。在这二十年里，我的生活发生了很多变故，积攒了很多故事，其中最重要的就跟这本书有关，跟它的作者有关。对我来说，拉斯洛的重要并不在于他后来获得了国际布克奖，也不在于他写的《撒旦探戈》和《战争与战争》受到苏珊·桑塔格毫不吝啬的褒奖；拉斯洛的重要性于我，在于他二十五年前在我生活中的出现，并意外地把我引上了文学翻译之路。

拉斯洛的匈牙利全名很长——克拉斯诺霍尔卡伊·

拉斯洛（Krasznahorkai László），中国读者念起来会觉得拗口、难记，即使深吸一口气后读也感觉能被噎死。匈牙利人的姓名结构跟我们的相似——姓在先，名在后，这在欧洲国家里属于异类，也可视为他们的先民来自亚洲的证据之一。匈牙利人在喀尔巴阡盆地定居已经一千多年，逐渐融入了欧洲文化，“拉斯洛”就是一个典型的斯拉夫男名，意为“巨大的荣耀”。历史上第一个取这个名字的匈牙利人是11世纪的一位国王，由于死后被教廷封圣，故称“圣拉斯洛”。至于“克拉斯诺霍尔卡伊”这个姓氏，背后的故事就更多了。

据作家本人讲，他的家姓来自一个地名——克拉斯诺霍尔卡，位于现在的斯洛伐克境内，那里有座著名的城堡，始建于13世纪，曾是匈牙利大贵族安德拉什伯爵家族的领地。通常来讲，大凡用地名做姓的匈牙利人，意味着其祖先来自那里，但拉斯洛不然，他生在离罗马尼亚不远的久拉市，祖上也没有人在克拉斯诺霍尔卡住过。他之所以姓了这个地名，只是因为他爷爷年轻时的一次心血来潮。

第一次世界大战后，奥匈帝国解体，匈牙利成了《特里亚农条约》的牺牲品，三分之二的土地被划入了周边国家版图，克拉斯诺霍尔卡连同山上的城堡一起被割给了斯洛伐克。于是，这座古老的城堡有了象征的意义，象征历史上匈牙利人的苦难。在两次世界大战期间，有人写了一首关于它的歌曲，在匈牙利全国都很流行，随着时间的流逝，作词和作曲者都已经佚名，那首歌慢慢变成了民歌。歌词是：

昏暗的夜幕笼罩了克拉斯诺霍尔卡骄傲的城堡

秋风呼啸，讲述着往日的荣耀

拉库茨的光荣岁月一去不复返

大公匿名藏身，勇士们也都休憩

深夜里的箭楼寂静无声

那般死寂，那般孤独，克拉斯诺霍尔卡骄傲的城堡用拉斯洛自己的话讲："这不过是首很糟糕的小调，我每次听到，身上都会起鸡皮疙瘩。可是我爷爷很喜欢那首歌，有一次，他在小酒馆里唱了整整一天，并且做出决定，将这个地名用作自己的家姓。"

有一次，拉斯洛在接受记者采访时提到：克拉斯诺霍尔卡城堡在2013年3月被一场"由两个男孩抽烟引发的大火"烧成废墟，显然意在强调这一看似偶然的事件与自己作品之间存在着的历史、文化、命运上的秘通暗连。想来人类的灾难，是他小说永远的主题，从《撒旦探戈》到《战争与战争》，从《乌兰巴托的囚徒》到《天空下的废墟与哀愁》，核心都是如此，写人类走不出自己画的怪圈。

至于他祖父在改姓之前姓什么，拉斯洛从来没提起过。我想，他不大可能没有追问过自己祖上的姓氏，他只是不说，想保持某种神秘性，愿意让自己的姓也成为自己作品的一部分。总之，他继承了祖父多愁善感的文艺细胞，少年时代弹琴，青年时代写作，29岁就完成了

《撒旦探戈》，兑现了“拉斯洛”的寓意。

我跟拉斯洛的第一次见面是在1993年初春，在匈牙利南方的一座小城——塞格德市。那时候我出国已经有一年多了，当时我住在匈牙利朋友海尔奈·亚诺什家里。亚诺什是当地的文化名人，家里总是高朋满座，许多诗人、作家、艺术家都是常客。有一天，亚诺什家来了一位客人，戴一顶黑色的呢子礼帽，身穿一件蓝灰色外套，感觉像是老照片里的人。他就是拉斯洛，应亚诺什邀请来塞格德跟读者见面，当时他还是文学界的“当红小生”。

拉斯洛的身材瘦高，略有驼背，脸膛黝红，窄面孔，高额头，棕发齐肩，留一副修剪整齐的络腮胡，唇须下挂着友善的微笑。说话的语调柔缓，绅士风度。虽然对一位已近不惑之年男人的面孔不大适合用“漂亮”来形容，但他确实长了一副兼飘逸、敏感、成熟于一体的漂亮面孔。给我印象最深的是他那双蓝眼睛，那种蓝是在别人的脸上没见过的，是正午阳光下死海浅滩的那种蓝，清澈透亮，不含杂质，说话时他会目不转睛地带着那副裘德·洛式的微笑盯着你看；棕黑色的瞳孔边界清晰，不像波斯猫的那样嵌在里面，而像从外面投上去的，一个浮着的影，或一个神秘的旋涡，无波无澜，就能把你吸引住，卷进去。我想，大凡第一次见到拉斯洛的人都会被迷住，他讲话的音调也温和委婉，如同朗读自己小说中绕山绕水的长句。

当时我29岁，他39岁，《撒旦探戈》已出版了9年，不仅出了德语版，而且获得了德国出版界颁发的年度最佳文学图书大奖。要知道，拉斯洛在29岁时就写成了这本书！一个29岁的年轻人就已对文学和世界有了自己标志性语言和坚定的看法，实在令人叹服。

亚诺什的家离蒂萨河不远，灰色水泥板楼，“一张图纸盖无数座”的那种社会主义包豪斯。在窄长的厨房里，由于不能围坐，五六个人面对窗户坐成一排，每人手里攥一瓶啤酒，交谈的时候要侧过身子。拉斯洛跟我聊起他一年多前的中国之行。

1991年，他以记者身份去了一趟中国，从而迷上了中国文化，他称中国是“世界上仅存的人文博物馆”，那次旅行对他来说是一种震撼。回到布达佩斯后，拉斯洛染上了“中国病”，不仅要全家人改用筷子吃饭，而且无论走到哪儿，都不忘搜集与中国相关的书籍，关心与中国有关的消息。在外吃中餐，在家听京剧，不管跟谁聊天，不自觉地会提到中国，尤其迷恋古代中国，读《道德经》，崇拜李白。那天晚上，我们聊了很多李白，他说李白是他最喜爱的中国诗人。他说，大文豪科斯托拉尼·德热、大诗人沃洛什·山多尔、普利策奖得主法鲁迪·久尔吉和小说家伊雷什·贝拉等20世纪匈牙利的重要文人，都曾以这样那样的方式翻译过李白的诗，他惊讶于在唐代的中国，怎么会出现一位欧洲人眼里的“现代派诗人”？他还说，他读了许多关于中国的书籍，只要在街上看到一个亚洲面孔，不管是不是中国人，他都忍不住想告诉他们，你好，我去过你们的国家。我想，他对我初次见面的好感和套磁，也是“中国病”的小小发作。我们聊得投机，他索性邀我随他一起回家小住几日，连夜开了两百多公里的车，把我带到布达佩斯北边的一个小山乡，我在那里住了一个星期。

我跟拉斯洛的友谊就是这样开始的。从那之后，我们经常见面，我成了他家的常客，我在那里遇到过导演《撒旦探戈》的电影大师塔尔·贝拉、后来的诺奖得主凯尔泰斯、大贵族后裔艾斯特哈兹、《垃圾日》的作者马利亚什。当然我还认识了他的前妻和两个女儿，他与伊娃分手后，我又结识了他那位学汉语和日语的现任妻子朵尔卡。朵尔卡很年轻，只比拉斯洛的大女儿年长一岁。可以想象，对于中国文化的热衷，也是他俩走到一起的原因之一。

拉斯洛喜欢李白，从我们第一次见面他就跟我说，他有一个愿望，想找一个机会请我陪着他到中国沿着李白的足迹走一圈。1998年5月，他终于实现了这个梦想，在一家国际新闻基金会的赞助下，我陪他到中国旅行了一个月，沿着李白的足迹走了近十座城市。

对于这次旅行，拉斯洛做了充分的准备。五一节那天，我俩从北京出发，乘火车，搭长途车，在一个月里马不停蹄地走了泰安、曲阜、洛阳、西安、成都、重庆等好几座古城，然后乘轮船游长江，穿三峡，抵达武汉，那时候三峡大坝还没有合龙。一路上，我给他做翻译，当助手，联络处理各种琐事，朝夕相处，从早到晚泡在一起，有话没话都会聊上几个小时，聊我们遇到和想到的一切话题。

我们做了大量的采访，有作家、学者，也有平头百姓。不管遇到谁，话题总是离不开李白。试想一位蓝眼睛的老外和一个长发的中国年轻人拦住一位过路的老农、商客、军人或年轻情侣，然后冒昧地提问：你知道李白是谁吗？你能背李白的诗吗？你为什么喜欢李白？你听说过什么有关李白的传说吗？有没有探讨过李白的遗迹？李白对你有什么意义？假设现在李白坐在旁边，你最想跟他说什么？最后还要加上欧洲式的浪漫："你认为李白和杨贵妃做过情人吗？"

你一定能够想象出被访者们莫名其妙或忍俊不禁的表情，不知所云又出人意料的回答。我忍不住问："如果你在布达佩斯街头被一个中国人拦住问：你知道裴多菲吗？裴多菲对你来说有什么意义？你肯定也会发愣，然后尴尬地发笑。不是吗？"

拉斯洛说："没错，但只要你追问下去，我总会说出点什么的，即使说'不知道'，也是一种回答。"他有一个小录音机，只要想起什么，就会自言自语地随时录下来，后来我们花了两周时间整理录下的十四盘磁带，我才发现他的过人之处：作为外国作家，他要捕捉的并不是诗人生前的地理行踪，而是寻找一个欧洲人心目中的中国诗人。唯一的遗憾是我们顺长江而下时，游轮临时更改线路，在白帝城没停，而是去了丰都鬼城。他激动地跟船长吵了起来，要求游船立即掉头，因为他很喜欢《早发白帝城》那首诗，因为他怕这辈子再没机会来这里了。拉斯洛真的很喜欢李白，一路上心里都在想，"万一能够遇到他呢"。他说："我喜欢他的豪放，我喜欢他谈醉酒，谈月亮，谈生活，谈分离，谈朋友——我喜欢他的律动，他无尽的能量，他流浪的心性——我喜欢李白，喜欢这个人。当然，我只能在译文的基础上揣测诗歌，但是揣测的结果总是告诉我，天哪，这该是多么美妙的诗歌。"

那次，我还陪他去过两家出版社，推荐他的《撒旦探戈》，但是没有结果，当时还没有编辑听说过他。在北京，拉斯洛跟我一起住在我母亲家中，他总是通过各种方式表达自己的感激之情。他看到我弟弟的吉他弦断了，就叫我陪他到乐器行买一副装上，调好；他发现我妈妈床头有一张外公外婆结婚的老照片，便在逛街时特意挑了一个镜框买回来，将那张发黄了的相片装进去，挂在墙上；他知道我偏爱欧洲文学，就抽空跟我逛书店，一边听我翻译一本本书名，一边向我介绍作家和作品，他的脑袋就是一座图书馆。回到匈牙利后，他把这次经历写成了一篇游记《只有星空》，收在《天空下的废墟与哀愁》一书里；在那本书里他还写了一篇《妈妈》，写的则是我的母亲。

那一个多月，我跟他朝夕相处，每天会聊许多个小时，聊我们遇到和想到的一切话题。他给我讲了他年轻时的经历。拉斯洛比我年长十岁，1954年1月5日出生在匈牙利西南部的久洛市。父亲是位律师，血缘里混合了法兰西和犹太人的历史记忆，母亲则是纯正的马扎尔人，在地方政府做社保工作。少年时代，拉斯洛曾是小有名气的爵士钢琴手，或许因为音乐，他身心充满了浪漫气息。在久洛市，他读完了职高的拉丁语专业，而后在塞格德和布达佩斯学习了两年法律，准备子承父业。

拉斯洛迷恋文学由来已久，据他自己讲述，梅尔维尔曾对他影响最大，他在十三岁那年就读了《白鲸》。不过，小说里引发他兴趣的并不是鲸鱼，而是亚哈船长。拉斯洛说："我将自己想象成他，将自己置身于他的处境，好多天，好几个星期，我一个人在后院站很长时间，在那里我见不到任何人，就像亚哈船长站在海上暴风中的船甲板上。"

拉斯洛有一个比他年长六岁的哥哥，也曾是一位文学青年。拉斯洛第一次听到"卡夫卡"这名字，就是在哥哥的交际圈里，当时那群大孩子们正热烈地讨论《城堡》。许多年后，拉斯洛回忆说："在那个时候，我虽然读了卡夫卡的小说，可我一点也看不懂，坦白地讲，我对小说里的主人公K感到惧怕，无论如何，我都不想把自己想象成他。我在那个年龄，读到了亚哈船长，我能够理解他，所以是他救了我。今天的情形完全不同，今天我不理解亚哈船长，我与K有情感共鸣。”的确，在《撒旦探戈》的开篇，作者就引用了《城堡》里的一句话当引语：“那样的话，我不如用等待来错过他。”

1977年，23岁的拉斯洛就在文学杂志《运动的世界》上发表过一篇《我曾相信你》。同年，由于忍受不了法学的枯燥，拉斯洛转到罗兰大学文学院读大众教育专业，读书期间勤工俭学，当过思想出版社的资料员、编外记者，还做过地板打磨工。年轻时的拉斯洛充满了社会理想，1983年大学毕业，他抱着用文化拯救贫困的愿望离开了都市，到一个小山沟里当了文化馆的图书管理员。那是一个吉卜赛人聚居的小镇，虽有一所小学，但读书的孩子少得可怜。所谓“文化馆”不过是一幢低矮破旧的老屋，有一间办公室、一个储藏室和一间二十来平方米的阅览室，藏书不过几千册，而且大多是纸页棕黄的旧杂志，很少有谁摸过它们。四壁和家具都散发着霉味儿，书上落满了尘土，墙角和书架上蛛网密布，塔灰高悬，大概就像《撒旦探戈》中描绘的小酒馆库房。在那个小镇上，拉斯洛工作了一年，不仅把荒废了的文化馆搞得红火，还亲历了山乡里贫困者们无望的生活。后来，文化馆遭遇了一场莫名的大火，拉斯洛被迫离开那里，但那一段生活阅历对他后来的写作至关重要。

拉斯洛很会讲故事，而且他的故事很多。通过那一个月的密切接触，我不仅了解了他，并对他的作品产生了好奇。当时，我已随亚诺什一家从塞格德搬到了布达佩斯，亚诺什有一家出版社，不仅出版了《易经》《道德经》的匈译本，还出版了拉斯洛的短篇小说集《仁慈的关系》。巧得不能再巧，有一天，我帮亚诺什搬刚印出来的《仁慈的关系》，亚诺什顺手给了我一本。黑色封面上，有一个模模糊糊、天使形状的白色影像。当天我就翻着字典读起来，第一篇读的是《茹兹的陷阱》。

拉斯洛的作品结构和语言风格都非常艰涩，连匈牙利人读起来都很吃力，经常读了半页还不见句号，整篇小说不分段落，故意让人有窒息感；但是，只要你不放弃，就会慢慢建立起一种特殊的阅读关系，一种类似虐待狂与受虐狂的互动关系，越读越有滋味，缓慢的叙述像有醇厚的酒力，让你在适应了他的讲述速度和语气之后，感受到随着他的文字向前滚动、猜测和破解后的快感。在那之前，我从来没有过这样的阅读体验，即使现在来看，这种文学叙事在中文写作里也是不存在的。

“当最后一辆我每天清晨都要在六点五十二分准时赶到溪水桥汽车站搭乘的早班长途汽车于早上七点准时将我们卸在郊区小火车站（原名Jedem das seine!，意思是‘各得其所’）的狭长站台上时，这股由我们汇聚而成、蓄势已久的客流——稍显滞涩，但从深处喷涌而出的——汹涌泻到那块夹在售票室、书报亭和静候已久的列车之间的三角地带。”这是《茹兹的陷阱》开篇第一句话，主句带复句，复句套复句，读这样的文字，感觉像经历慢放的蹦极。那时候我的匈语阅读能力还很弱，词汇有限，每读一行都要查好几次词典；由于没有匈中词典，所以翻字典的次数需要翻倍，而且还要查德匈词典。即便硬着头皮查清楚了每个生词，之后还要花很长时间分析复杂的句式，搞清结构、关系，最后才能弄懂整句的意思。这样读了一页之后，我决定干脆把它翻译过来。就这样，作为语言练习也好，深度阅读也罢，我逐字逐句地把一篇不过十几页的《茹兹的陷阱》翻译成了中文，大约一万字，我翻译了足足一个月。

现在回想，那次翻译练习对我来说意义重大，是我有生以来所做的第一篇文学翻译。从那之后，我读匈文小说成瘾，翻译成瘾，在之后不到三年的时间里，陆续翻译了十几位作家的三十多个短篇。我当时翻译并不为发表，只为自己过瘾，翻译完了，就存在电脑里，没给别人看，甚至连住在一起的亚诺什夫妇都不知道。那段时间，我不仅翻译，还开始了写作，《匈牙利舞曲》《火凤凰》等十几个中篇就是那两年写出来的，也没给人看过。我做梦都没想到自己会成为作家和文学翻译家，直到2002年凯尔泰斯·伊姆莱获得诺贝尔文学奖。

通过一系列巧合的关系，作家出版社编辑在摇滚歌星何勇的牵线下联系上了我，一来请我帮助联系版权，二来寄希望于我担纲翻译。当时，为了证明自己的能力，我把《茹兹的陷阱》等几篇译文发给她们，证明了自己的翻译功底。随后在不到两年的时间里，我废寝忘食地一口气翻译了凯尔泰斯的四部作品，《船夫日记》

《另一个人》《英国旗》和《命运无常》。从这个角度讲，拉斯洛和凯尔泰斯一样，也是我文学生命中的贵人，没有他们就没有今天的我。

从2006年起，我在《小说界》开办《外国新小说家》栏目，第一篇推出的就是《茹兹的陷阱》，这算是拉斯洛第一次在中国亮相，尽管并没能引起多大的关注。两年后，我又翻译了他的一篇散文《狂奔如斯》。由匈牙利著名导演塔尔·贝拉拍摄的《撒旦探戈》《鲸鱼马戏团》和由拉斯洛撰写剧本的《伦敦人》和《都灵之马》也在国际电影节上不断获奖。20世纪90年代，拉斯洛多次访问中国，除了我前面提到的那本游记外，还写过两部关于中国的书，《北山、南湖、西路、东河》和《天空下的废墟与忧愁》，他一直希望自己的作品能出中文版，遗憾的是，这个愿望许多年都没能实现，直到2015年荣获布克国际文学奖。

去年，我翻译的《撒旦探戈》一经出版，反响不小，中国读者终于见到了庐山真面目，发现塔尔·贝拉史诗般气魄的长镜头与原著像火山熔岩缓慢流淌的长句相呼应，小说版和电影版的《撒旦探戈》就像一对艺术的双胞胎。

《撒旦探戈》是拉斯洛的代表作，故事并不复杂，讲20世纪80年代的东欧，一个曾经红火过的集体农庄已经破败不堪，村民百无聊赖，陆续迁走，只剩下几个无处可去的绝望者留在村子，继续偷情、欺骗与阴谋，盘算难以实施的出走，守着不变的雨和泥泞。突然村里来了两个骗子，像救世主一样点燃了村民的最后希望，他们毅然跟着来人离开了村庄，但等待他们的是新的陷阱和绝望。作者用隐喻的手法描绘了人类的精神生活，希望—绝望—再希望—再绝望，总是有始无终、没有解决的轮回。人类命运就像封面上那条噬啃自己尾巴的环形蛇，永远无法走出困境。布克奖评委会主席玛丽娜·沃纳说："拉斯洛是一位有远见的作家，具有非凡的热情和表现力，抓住了当今世界各种生存状态，刻画了那些可怕、怪异、滑稽，抑或令人震惊又美丽的生存纹理。"她还说："拉斯洛的作品让你有一种奇特的感觉，并为之兴奋，但过一会儿又会平静下来。所以我们会说，

‘仿佛在读卡夫卡的小说’。我相信不久我们就会说，‘仿佛在读拉斯洛的小说’。”

把拉斯洛跟卡夫卡相比是有道理的，他俩发现并关注的都是人类困境。拉斯洛自己也说，卡夫卡是他追随的唯一文学偶像，甚至，他写在《撒旦探戈》正文前的那句引语，就是摘自卡夫卡的小说《城堡》：“那么我不如用等待来错过他。”在小说《城堡》里有这么一个情节：土地测绘员K在一家旅馆院子里等一位叫克拉姆的老爷，希望能够见到他。这时从屋里出来一个年轻绅士，招呼他走开。K说：“我一走开，就见不到我等的那个人了。”尽管他心里已经不抱希望了。对方说，你反正也不可能见到他，不如离开。K固执地坚持说：“那么我不如用等待来错过他。”这句话听起来非常绕，意思是说：即使见不到他，我也宁愿用等待的方式，而不是离开。拉斯洛引用这句话，准确概括了留在集体农庄中绝望村民们挣扎的心态：再怎么绝望，也不肯放弃希望，宁愿绝望地等待，等救世主的到来。放大到人类，不也如此?！即便我们最终无法走出困境，也要借此在困境中活下去。

《撒旦探戈》的创作灵感就源于拉斯洛那段特别的乡村经历，自然离不开他年轻时的亲历，但更重要的还是他对世界冷静的观察和哲学性思考。苏珊·桑塔格很准确地看到了这一点，她称拉斯洛的作品是“当今作家中最富哲学性的”。他置身于社会真实，透过日常琐碎的场景看到人类内心的层面：绝望，希望，再绝望，再希望，绝望的希望，希望的绝望；陷阱中的舞步，魔鬼的怪圈。德国作家泽巴尔德也非常赞赏拉斯洛的普世性视野，称他“远远超越了所有当代写作的短浅关注”，只有果戈理的《死魂灵》可以与之相比。

谈到《撒旦探戈》，拉斯洛说：“凡事都有悲喜两面，从这面看是喜剧，那面看是悲剧。我们东欧人对这矛盾的两面格外敏感。说老实话，我不认为《撒旦探戈》是部黑暗作品。不是悲剧，而是一部关于无根无据的信仰的悲喜剧。”最后半句点出了他对世人提出的警示：没有信仰固然可悲，盲目信仰不仅可悲，而且可笑。信仰，并且反思信仰，人类才可能走出困境。他还说："对于不幸的人们来说，这是悲剧，因为他们不知道该怎么应对自己的生活；同时也是喜剧，因为他们也不知道该怎么应对自己的生活。这既是悲剧的原因，也是喜剧的原因。只在其结局里分道扬镳。"

读拉斯洛的书，无论是《撒旦探戈》，还是《仁慈的关系》，你都必须调整好呼吸，绝不能一目十行。因为节奏是阅读、理解他作品的关键，你必须适应，并跟随作家讲述的沉稳速度，就像盯着银幕上缓慢移动的长镜头。延绵不断的阴湿，闷声不响的残忍，让人头皮发麻的绝望贯穿全书，一个个克拉斯诺霍尔卡伊式的复杂长句接力，缠绞，确如火山爆发时殷红的熔岩顺着地势缓慢地流淌，流过哪里，哪里就是死亡。

"我喜欢写长句，这符合我的思考习惯。一个人怎么思考，就会选择什么样的句式。而且人不仅会用长句思考，而且会用唯一的一句、永远不会终结的句子思考。尤其是在他有什么东西特别想说，特别想要说服谁的时候。而我有这样想说的话，我非常想要说服读者，要他们相信我所写的内容。"拉斯洛这样解释自己的长句。

《仁慈的关系》是继《撒旦探戈》之后作家创作的一部短篇小说集，书里共收入八个短篇，克拉斯诺霍尔卡伊风格极其强烈，虽然每个故事的人物和情节各有不同，有跟踪，有凶杀，有偷窥，有战争，但故事的核心是一致的，都是用细腻入微的笔触和像上帝俯瞰一般全知的视角讲述人与人之间相互隔绝式的依存关系。即便在细节的刻画上像塔尔·贝拉具象得残酷的长镜头，真实到近乎荒诞，但在黑白画面的背后透出的是某种象征性、寓言性，甚至哲学性。生活中的人，实际都是上帝手中的棋子，各种关系都是注定的，各种挣脱都是徒劳的。每个人都孤独者，活着就是身不由己地陷入这样那样的陌生关系里，并且无处可逃地接受未知的解决。

在形式和结构上，小说也体现出作家的尝试，单以小标题为例，《甩掉埃勒·博格达诺维奇》中的小标题是从段落中摘出的一句或半句话，只是形式上的标题，实际上可以跳过去，并不影响前后文的连续阅读；《茹兹的陷阱》小标题为A→B，B→C，C→D，表示了小说里几个陌生人之间的跟踪关系。八篇小说中,《荷曼,猎场看守》和《手艺的终结》两篇互有关联,标题下的括号中分别注明“第一稿”和“第二稿”,分别从两个角度讲同一个故事。《最后一条船》则像一个大故事的结尾,一出剧里的一幕,表现出对民族的历史和未来的绝望与悲情。需要注意的是,作者写这篇小说时东欧剧变还没有迹象,匈牙利社会处于四面的矛盾和危机中。几篇小说中的所有人物都是生活中的孤独者,更准确地说是悬浮者,他们与其说生活,不如说苟活,从精神上讲是被上帝和社会抛弃之人,他们以这种或那种的荒谬方式(跟踪,偷窥或谋杀)与其他的孤独者建立某种彼此不知的依存关系,由此而陷入更绝望的孤独。从这个角度看,这组短篇都重复和延续了《撒旦探戈》的主题。作家不久前在接受《南方周末》记者的采访中也承认说,自己虽然一本接一本地写书,但所有的作品“都是《撒旦探戈》的2.0、3.0、4.0版”。

《仁慈的关系》的这个中译本,是我和青年译者康一人合译的。我翻译了其中《甩掉埃勒·博格达诺维奇》《最后一条船》《茹兹的陷阱》三篇，另外五篇则出自她手。康一人是北外匈语专业科班出身，五年前研究生毕业，之后一直在中国国际广播电台匈牙利语部当编辑。当初她在布达佩斯读书时我们就相识，我知道她对文学翻译感兴趣。在语言课之余，她主动选修当代文学课，得到她的导师、匈牙利翻译家和诗人拉茨·彼特赏识，老先生曾嘱咐我要带一带她，说她“是块好材料”。就是在文学课上，她初次接触到克拉斯诺霍尔卡伊的文字，读过他的小说片段，领教过他那充满“长达数行都没有句号的长句子、一环套一环的复杂语法结构和无数从未见过的冷僻词汇”的晦涩风格。

这本小说集虽然不厚，但是翻译起来并不容易，尤其对康一人来讲，就像我当年那样，第一次就啃了一根这么硬的骨头。翻译过程中，她得到了匈牙利同事海纳尔·拉斯洛先生的许多帮助。在近两年的时间里，我们多次坐下来一起分析原文，润色译稿，她耐心地听取意见，反复修改，最后交给我校订，确保全书译文的质量和风格统一。

康一人说，在翻译《理发师的手》时，由于作者对西蒙的心理活动把握精准，可以说准确到一个下意识的动作或潜意识的念头，以至于她进入了角色，感觉钻进了西蒙的躯壳。有一次她做了一个逼真的梦，梦见自己变成了西蒙，以第一视角经历了整个故事，感受到西蒙在误杀后的懊恼、害怕和焦急。被吓醒后，梦中的场景很长时间都挥之不去。不仅在情节上“入境”，她对文字风格也体会很深，她说，“从小说的第一句话开始，读者仿佛就被长长的、像铁链般一环扣一环的句子带领着，不断向前推进、深入。开篇制造的疑问被解开，新的疑问和猜测不断产生，随即又被解开，直到全篇最后一句那总是干净利落的结尾。整个过程仿佛无数倍慢放的视频镜头，子弹出膛，推着层层空气向前，无法暂停，无法阻挡，最后一秒落在靶盘上，留下一个黑色的空洞”。

匈文版《仁慈的关系》第一次出版是1986年，紧随《撒旦探戈》之后，那时候作家写作的主题、风格、结构和手法都已经确立，读者能够从中找到他后来创作的几部长篇小说的萌芽和影子，对了解和研究克拉斯诺霍尔卡伊作品十分重要。单从语言上讲，或许由于短篇的缘故，他对长句的组织和雕琢更加刻意，显出十足的“克拉斯诺霍尔卡伊式”，在结构形式上也做了多种尝试。我很赞同诗人欧阳江河对拉斯洛的评价，认为“拉斯洛的作品难读，作为近乎绝迹的文学高蹈品质是极为珍贵的，因为它所坚持和见证的，不仅仅是某种特别的趣味、风格、耐心，而是终极意义上的文学叩问，是源头定义下的文学本身”。毫无疑问，《仁慈的关系》中文版的面世，将带领那些富有探险欲的读者进一步接近这个文学源头。

2018年12月29日，布达佩斯

Πρίν τοῦ κατακλυσμοῦ

大洪水之前

甩掉埃勒·博格达诺维奇

我们清楚地知道，假如在街上有任何一位行人向我们的眼里投来一种（哪怕只是稍有意味的）眼神，我们的命运便会立即遭受终极裁决，童年时代的咒语便会兑现，即便这两个行色匆匆的家伙乍看上去跟其他人并无二致，但这些莫名其妙的动作、令人不安的侧目和这两个耷拉着的脑袋，都可能引发别人的怀疑，甚至连这些都不用，只需看看我们的苍白脸色就足够了，因为它意味着某种可以在每分每秒出卖我们内心的不同的光，仿佛我们的皮肤无力承受，无力抵抗，只能接纳和忍受这道浸润了罪恶感的、悲哀的蓝色曙光，这恰是我们所有人反复求索的地狱之光。这个年轻人，这个我可怕命运转折处的不幸角色走在我的身后，他的手没有自然下垂，而是僵硬地紧贴在身体两侧——就像一个绝望的步兵，即使已经听到“临时解散”的命令，依然保持着“待命”状态，因为他知道，交替下达这两道命令，是那个忧伤、残酷、孤独的指挥官唯一的乐趣；他的脚步悄然无声，步态沉重，脸上长满了胡茬。他无法从阴影里走出来。我们俩都沉默无语，这是我们两人的自然状态，带着被安装了炸弹的桥梁那痛苦的伪装色，其本身也是惩罚的一部分：想来我们至少能够告诉彼此，现在我们终于从正在进行的、充满危险和威胁的行军队伍里逃了出来。这种感受我们很难与他人分享，我们知道：我们还没有离开城市——尽管我们应该离开——我们无法解除这种被迫的沉默，因为不仅是我们的言语，就连我们的举止和目光都会出卖我们，让人辨出谁是入室行窃却因窸窣的声响将主人惊醒的小偷。我不知道，我们一致的脚步声是否得当？我们到底有没有什么话可说？因为我什么都不明白，什么都不能确定；直到现在，我还没遇到任何的阻碍，尽管我连现在自己在哪儿都不清楚，我应该寻找一个合理的解释，但我无论怎样都没能弄清：这到底是怎么发生的？我怎么会以一副成熟的头脑听任大地从自己脚下滑走？而这所有的一切几乎都发生在短短的几分钟之内，就像一条神志错乱的腊肠犬，突然异想天开地想要彻底改变自己的命运。而且说老实话，岂止是简单地从脚下“滑走”，而是在几小时前的一场令人生厌的午夜狂欢中，大地突然在脚下坍塌——我是偶然被一位同事拉到那里的，起初他只是说“晚上出去放松一下”——在袒胸露乳、烂醉如泥的年轻女郎令人压抑的冷漠的折磨下，无论是沉闷的面孔、空洞的目光，还是肮脏的大腿和低廉的内衣，这所有的一切都让人感到备受侮辱，陷入深深的悲伤，禁不住为这个慢慢变得晦暗的世界感到一种从未体验过的、彻头彻尾的担忧，而且——我在灿烂闪耀、明亮刺眼的光芒中清楚地认识到——我也自始至终都在对这个世界的毁灭、沉沦与分崩离析推波助澜，并且……最让我们恐惧的是，在这里，在这可怕的沉沦中，或许早已不可能有丝毫的位置留给任何美丽、高尚和不存在的事物。在此之前，由于我喝的酒超过了我的实际酒量，所以我变得稍微有点多愁善感，我突然意识到，似乎我周遭的一切都不堪一击地轰然坍塌，不仅让我丧失了——而且同时也赢得了——自己过去生活的意义，但也包括我本应该坚持的东西，因此我绝望地拼命试图抓住什么，好让我能够直面这不容置疑的冷酷事实而不至于那样的孤单，当我的目光落到博格达诺维奇那副弱不禁风的身影上，看上去是那么的无助、孤孑和笨拙，并且渴望躲到一个僻静的角落里认真地窥视他那些一文不名的同类，等到我意识并理解到在他体内——在他失去了光泽的眼眸里——所有的一切，所有那些对世界而言重要的和值得丧失的东西都浑然一体，就在那一刻，我也应该意识到这一点，此时此刻，我自己也无可挽回地脱离了这个世界的掌控，因为我惊愕地发现，单纯的理解、热烈的认同，我骤然爆发的同情心，都足以让我自己也变得离经叛道。现在，在一条街的人行横道第三条斑马线处，我的腿已经不再出于本能，而是遵循严格的规则迈向对面的人行道，我用眼角的余光观察博格达诺维奇，安全地穿过马路，我震惊地发现，昨天的那个我，到了今天已经所剩无几，我只是一个不大真实的焦虑者，因为这看上去简直令人难以置信，我走在这里，走在黎明的黑暗中，跟着一个陷入绝望的年轻人走在这条迷失了方向的街道上，而且我相信，没有什么能够帮助他，尽管这个念头令我难以忍受，但是看来事实如此，什么都不可能，另外我还感觉到已经没有什么能够帮助我。仿佛有一股蛮力推动着我们向前走，我走在前头，博格达诺维奇跟在我的身后，

一种从未体验过的、彻头彻尾的担忧

而且我们无话可说，因为徒劳的步行确实没有什么故事好讲，或许恰恰是对于这种“蛮力”的无情依赖支撑着我们安全无恙地活到现在，甚至在好奇心反常地缺失的情况下，因为从根本上讲我既对博格达诺维奇一无所知，也不知道我自己到底怎么了，我仿佛是一场噩梦的

囚徒，在噩梦里只是缺少能够稀释黑暗的光亮，只有恐惧，怕被别人认出，恐惧，怕博格达诺维奇彻底地无助，恐惧，怕我们不再有阴影遮挡，不再蹑手蹑脚，而是走在人行道或人行横道的正中央，这种看上去脆弱易伤的模样，仿佛我们自己也是构成黎明交通的自然元素，恐惧鼓励我们将自己交付给内心某种自卫的本能，并尝试相信博格达诺维奇知道我们要去哪里，博格达诺维奇知道这个故事的结局是什么。我希望能够弄明白一些什么，我希望我们可以稍微停下来一下，头脑理智地四目相对，用清澈的目光自嘲地笑笑，笑我们自己，然后友好地分手，各自去忙各自的事情，我希望终于能够喘上一口气，或至少能找到自己开始不理智地盲目逃离的那个拐点，让这静止的故事也能向合理的一面转化，但是似乎我永远都不可能再赢回我天然的视觉能力，我感到一股无处不在的——无论在自身的粗糙性还是草率性上都经过了精心组织的混乱所拥有的——不可战胜的力量，以及基于对清晰度的疯狂崇拜和对光明未来的单调乏味的英雄主义迷恋、经过精密筹算的杂乱无序。又走过了几个路口，我们距离花贩只有几步之遥；我不知道为什么，博格达诺维奇这时超过了我，无意中破坏了我们无言的默契和我们本能的自卫技巧，想来只有我才熟悉并掌握这种技巧，因为只有我清楚地了解人行横道与街道交通系统，以及挪用来的概念的短暂适用性，因为他的内心平和已久，那是一种无助无措的平和，他根本不清楚有多大的危险，另外……有多么大的疯狂爱意在我体内发酵，我必须把他从这里带走，因为他对什么都已经不再在乎，而我却这样地在乎他。他跟我拉开了好几步的距离，由于他耷拉着脑袋，我现在只能看到他的肩膀，看到他的肩膀带着与我午夜寻欢后感受到的同样的颓丧，接下来是一个重要时刻，这个大汗淋漓、脚步蹒跚的年轻醉鬼又愚蠢地向前踉跄了几步，然后突然安静地站住了（“你在这儿干什么?！你这个混蛋怎么会在这儿?！”他大声嚷道），这时候我的心脏提到了嗓子眼，做好了随时逃窜的准备，因为我深深感觉到他内心平和的终结，感觉到在那副耷拉着的肩膀上有一股充满挑战和攻击性的脆弱。“翠菊多少钱?”他问，同时他走到花贩跟前。虽然我看不清楚他的脸，但我能清楚地听到他的声音：嗓音里既没有轻薄无理，也没有粗鲁蛮横，即便如此，由于声音沙哑，将oszirózsa（翠菊）一词里的o和ó两个长元音发得过于清楚，原本盯着钱匣的花贩警惕地抬眼看着他。“翠菊多少钱?”博格达诺维奇又问了一遍，紧张地使劲吸了一口烟。“你问这干什么?”花贩紧咬牙根地低声反问。听到这话，博格达诺维奇——从他后面，从我的角度看——慢慢地立正，我知道他现在走不开了。我紧紧站到他的身旁，试图吸引花贩的注意力，我开始假装认真地在翠菊花束和花环中扒拉，挑选，但无济于事，因为随着一个再明显不过的示意（“抓住这两个无赖!”），两个屠夫相貌的汉子从花贩身后的货箱后闪了出来，这时候我揪他，拽他，推他，搡他，幸好我的反应还算及时，因为我听到博格达诺维奇的又一句辩解（“我只是问问这翠菊……”），两个大汉已经朝这边走过来。我们躲进一个大门洞里，博格达诺维奇一言不发地递给我一支烟。透过浓重的烟雾，他盯着我看了一阵，似乎不明白我站在他旁边做什么，似乎根本不明白发生了什么，我为什么跟着他从一条街到另一条街。后来他对我的存在已不再感兴趣，靠在墙上，耷拉下脑袋，在我面前流露出骨子里的疲劳。香烟的烟雾如蛇一般袅袅上升，我不必看到这可怕的崩溃，我透过烟缕望着从街对面的建筑上空涌来的十一月份，我已经猜到，这些日子永远都不会结束，只有我的力气、词语消耗殆尽，这个狂热的星期二跟另一个狂热的星期二没有任何不同，然而为了没有人性的星期三所付出的代价是相同的。我重又走在前面，时刻做好准备，我越来越奇怪，周围的人流怎么越来越多？这么多人在这样早的黎明跑到街上来干什么？到处都是沉郁、多疑、困倦、塌瘪的面孔，到处都是廉价的棉大衣、胳膊肘磨破的毛衣和破旧的西装外套，到处都是夹在胳肢窝下的皮包和购物袋的海洋，里面装着压瘪了的、包在餐巾纸里的早点，到处都是沉默的嘴，只有矮腰的便鞋、皮靴和凉鞋在人行道上出溜，一条又一条的小巷和主街，一座又一座的公园和广场，还有一个又一个的十字路口，仿佛所有的一切都包围着我们，我们像幽灵一般地退回到我们看上去出发的地方，置身于这么多莫测、匆促、复杂的运动之中，似乎不可能准确地辨别方向，不过我相信，只要我们迎着人流往前走，很快就会达到城区的边缘，从那里可以走上某一条通向城外的国家公路；然而事实并非如此，我惊愕地发现，我们始终迷失在人流最稠密、交通最堵塞的地方，无论我们怎么拼命行走都是白费气力，因为不管我们看上去多么努力，我们在这个世界上都只有失败，面对这些原准备盖得很高，但只盖了一半就出现裂痕的人类建筑，我们体内蓬勃的生机都失去了其脆弱的完整性。天上仍是死气沉沉的灰色光线，阴沉，也许永远不会有真正的天亮。在一扇大门前的人行道上，我差一点撞到一位老妇：她正手脚并用地跪在地上低吼，试图将她那只挂着眼屎的猫咪赶进大门内。一名穿着运动背心的运输工人正动作轻松地将许多块铁板装上一辆大卡车的车斗。人行道旁流着污水。我该怎么办？我踌躇不决。我们怎么才能逃离这里？我必须振作起精神。疲劳痛苦地折磨着我，我肚子疼，嘴中苦涩，呼吸恶臭，左脚磨出了水泡，每迈出一步都如履针毡，但我尽量不去注意它，博格达诺维奇显然也跟我一样。我很饿，非常饿。天上还罩着一层阴影，但肯定比刚才亮了一些，足以让我们看清自己的处境——陷入比原来更深的痛苦和困惑——更确切地讲，我感到自己非常不幸，因为现在突然……仿佛……我们疯狂的坠落突然中止，似乎眼看就要把我们碾得粉碎的危险势头也慢慢减弱。去哪儿？朝哪个方向？我们点一支香烟？要不我还是去找下水道的入口，既然地面上行不通，或许在地下……我是否还有勇气相信，还有意义继续进行这绝望的跋涉？博格达诺维奇一言不发，垂头丧气地耷拉着脑袋，脚步沉重地跟在我身后，我知道，对他来说“去哪儿？”和“朝哪个方向？”根本无所谓，他只想做点别的事情，而不是在我面前展示自己因莫名的悲哀而绝望地只身携带的不幸，但他不可能猜测到，我不得不极力克制自己想要探究其不幸细节的好奇心，因为假如我真的这么做，我可能要冒让我们间的紧密联系突然丧失意义的风险，可能会失去在黎明共同跋涉的团结力量，因为我对他抱的忠诚建立在莫名的无助和从他身上辐射出的无法解除的绝望上，而这种绝望——想来已经无法改变——已不取决于任何事情，这也给了我一种可能，让我能够在突然降临的黑暗中抓住一个已经手足无措地抓不到任何东西的人。在很难变得明亮的天光里，这种抵抗突然……就像噩梦一样突然消失……突然惊醒，惊愕地意识到，

仿佛有一股蛮力推动着我们向前走

在那些使他的轮廓一次次地逐渐显现的事物中间，在我打造的唯一模具里，我的这个同伴变成了一个浓缩的灵物，他不确定的、原始的神圣使他变得越来越令人难以承受，与这种“莫名的无助”越来越无关；使我们周遭的一切都重新获得了昨日天然的活力：街道，房子，匆忙赶路的人们，在我们头顶上或开或关的窗户，还有探出来、缩回去的困乏的脑袋，背着书包的孩子们，在一家肉铺门口狂吠的狗，这——恰好——让我重新获得比之前更加清晰的判断力，我为自己身穿的破

旧外套、脏臭的鞋子、由于晨曦和喝多了的酒精而红肿难睁的眼睛感到羞愧，而博格达诺维奇这个模糊、混沌的超凡脱俗者，在暗夜的陷阱里看上去成了一个名副其实、确凿无疑的凡夫俗子，一个内心极其苦涩、心灰意冷的年轻人——失恋了吗？家庭破裂？干了某种可被原谅的违法行为？——一个我该用自己真诚的善意去帮助的人。或者……我猜错了吗？莫非他只是由于劳累，我没必要把事情弄那么复杂，我们的情况其实就这么简单？疲劳？饥饿？我的左脚磨起了水泡？我们从一家奶制品商店前面走过，当我放慢脚步，转过身面对着博格达诺维奇时，我们已经走过了店门口。“咱们吃点什么吧。”我建议说。他没有应声，看都没有看我一眼，在商店里他没吃多少东西，只吃了两口，就把食物推到一旁，然后耷拉下脑袋。也许他睡着了。不到一分钟，我就吃完了摊鸡蛋，既然他已经不吃了，我把博格达诺维奇那份也吃掉了。他纹丝不动，手揣在怀里坐在那儿，耷拉着脑袋，我正要招呼他，我们可以走了，就在这时我在乳白色的日光下，在他的头顶看到了一道一个手指长的、流了好些脓的伤口，由于距离很近我看得很清楚，他没有好好梳头，话说回来，被脓血粘连的头发也不可能把那道伤口盖住。我立即转过脸去，感到肠胃痉挛，但我的动作还是不够快，因为他刚好抬眼看我，从我的扭头的动作里看了出来，我发现了他头顶的伤口，于是他恶声恶气地冲我说（“你去看集市上的猴子吧，嗯?!”），我受惊地坐在椅子上，身体后仰，仿佛他动手打了我。我之所以受惊，并不是因为他那——与他温和的天性相矛盾——严厉粗暴、莫名其妙的敌意语调，而是他那张因为这句突然说出的话语而扭曲的脸：厚厚的嘴唇变得煞白，碧蓝的眼睛眯成了细缝，他的脸由于愤怒拉得很长。这一切都发生在顷刻之间，博格达诺维奇顺从地摸了一下我的胳膊，站起来，走向门外。当我随手带上店门时，我看到柜台后面，刚才除了售货员和我们之外，还有一位客人，一个脸上长满粉刺的少女正捧着一只盛着可可奶的瓷缸盯着我们。我对主路——终于上了主路！——很熟悉：通向连接北边铁路的大桥方向，从那里我们可以走到对岸，到朝东北方向行驶的地铁站。从那里只需十五到二十分钟就可以到达城郊。但我有没有必要跟他黏在一起继续往前走？也许，我最好在街角一声不响地拐弯，甩掉这家伙，之后他愿意干什么就干什么，只是不要再缠着我？我们之间到底有什么关系？他需要

只是缺少能够稀释黑暗的光亮

什么样的保护吗？我们走在大桥的左侧，冷风刺骨。车流堵在了下桥的路口，我往前走了几步后看到，因为一辆有轨电车出了故障，停在了桥头拐弯的铁轨上。乘客们焦急不安地在车窗后挥手喊叫，在有轨电车周围有越来越多的司机鸣笛催促。博格达诺维奇又递给我一支香烟，我们点上之后，我想让他走在我身旁，然而他，因为已经知道我对他已产生了很大的信任，所以故意超过了我，但超我时的动作幅度并不是很大。风吹散了烟圈，有轨电车也终于开动。我感到冷。我应该拐进一个街角，但我觉得自己缺乏足够的勇气这样做。现在我该

在街角拐弯，一个人流浪，他愿意去哪儿就让他去哪儿……只是我不能下定决心，因为我突然犹豫不决，突然意识到我不能向博格达诺维奇做出解释，我为什么必须立即中断与他的同行，但我自己心里也找不出准确的词语能够用来阻止自己突然萌生的良心上的自责，而且最重要的是，我将残酷地将自己交付给命运，不管命运如何，我该怎样还会怎样。我们置身于这个现在已经变得有点滑稽了的多愁善感的黑夜故事里，我们彼此的相遇——在这种取决于幸运的困惑里——对于我们彼此来说，自始至终都有着分量不同的意味，我这样认为；然而从现在开始我敢肯定，我的逃跑早就有着两个不同的倾向：我操纵他，同时我试图摆脱他……我怎么操纵他？在旁人看来，在这座桥上——罩着绿色帆布的、运输军火的货轮正在我们脚下快速航行——是他领着我，他显然知道，他要推迟我们的分手。我要打消他的这个念头，因为我根本不想给他这个机会，上帝保佑，我可不想知道他那些晦涩故事的来龙去脉；我并不想接近他

他慢慢地立正

而是想远离他，因为现在我已经恢复了原来的自我，我重又感觉到自己站在大地坚实的一面，博格达诺维奇已成为一个超越于我的力量之上的生灵，与他一起，我会成为危险与永远的威胁，想来我并非出生在少数人之间，说老实话，我根本不想知道这个年轻人是否属于他们中的一员，还是只是某个严重错误的受害者？他们为什么要戏弄式地攻击他？他想要买翠菊做什么？他头上的伤口是怎么来的？他为什么要跟我走在一起并要超过我，从年龄上看我差不多能当他的父亲？我对这些不感兴趣，我要积攒起自己所有的力量，摆脱这可怕黑夜的记忆，并努力操纵自己的命运，让自己不必为任何事情感到羞惭。想来我为自己感到羞惭，我不敢正视别人的眼睛，因为每一个眼神都会让我感觉穿透骨髓，是对我的羞辱，会让我在破旧的大衣下感到皮肤灼痛，感觉到自己赤身裸体。我不是流鼻涕的小孩子，我清楚地知道，是什么在几小时之前把我卷入这样深的旋涡：脆弱，疏忽，缺乏谨慎考虑，眼睛的误导，误在别人身上看到自己投射出的影像。我只在博格达诺维奇将他扭曲的面孔转向我时，我才吃惊地意识到这一点，我才终于能判断自己的处境；从而明白，如果我们带着憎恨和厌恶看这个世界，那么世界就会是可憎和可恶的；如果我们带着爱心和期待看这个世界，那么世界则是变幻莫测和充满敌意的；所以我们最好还是不带任何的情绪。不再观察审视，不再为自己是否看到某个温和微笑或阴险狞笑的脸，或某只为了触摸或殴打而举起的手而感到困惑不解，而是要正视我们本能的……好奇心，以及时刻准备窥伺的大胆倾向，这是我们至少能够做到的事。我们过了桥后，博格达诺维奇径直朝下桥的台阶走去，仿佛他只知道我先前的意图，似乎他觉得自己能够以此阻止我与他分手的决心。在自动扶梯上，有一位老妇正在冲她孙子叫喊——那孩子正在滚梯的扶手上滑硬币玩——我们俩感觉成为一体；我们像玩偶一样随着扶梯向车站下沉，仿佛有块磁铁吸引住我们的注意力，我们用淡漠的目光望着那些乘滚梯向上的人流。我们走下扶梯，博格达诺维奇本想给一位抱婴儿的妇人让路，但是空间很窄，上下的人流只能按照输送系统预先设计的流量和方向运动，因此他无法停下，无法让路，我们只能依从于规定的秩序，我们相互挤压着顺从于一种无法抵抗的力量，由于感到迎面吹来的暖风越来越大，我心里的感觉也越来越良好。我们并没感觉到在我们头顶上的密集人流，我们被动地走下滚梯，踏上一片空场地。无数张面孔在我们周围泛着磷光，仿佛光源是从体内散发出的。沿着铁轨，乘客们在狭长的过道上分成一组组等车的人群。从空气的流动可以感觉到，地铁列车正穿过隧洞朝站台驶近，博格达诺维奇靠在一根柱子上，

看上去无论我们多么拼命努力

他的脑袋歪向一侧。就在这一刻，我决定不再跟着他，目送博格达诺维奇上了地铁后，我一个人继续往前走，这时候——起初，他似乎并不怎么在乎我——他的身子向前猛地一弹，站到了“安全候车线”上。地铁缓缓停

到了站台。就在这时候，我突然惊愕地意识到他已准备上车。我动作慌张地一把从后面揪住了他。他没有看我，只是尴尬地笑了一下。我紧紧抓住他的胳膊，很长时间都不肯松手。等车的人群被吸进了车厢，站台逐渐变得空荡，地铁哐当哐当地开走了，这时候我把他拽到一条长椅上，让他在我身边坐下。我对博格达诺维奇已经忍无可忍。这样下去将到什么时候为止？我越想摆脱掉他，反而越觉得离不开他……狭长的站台在我眼前变得空旷，我注意到了两个男人——其中一个头戴一顶灰色的棉布帽，另一个光着脑袋——他们刚才显然目击了那个场景，因为现在正凑到一起交头接耳，并偷眼观察博格达诺维奇。我理应注意到他们。我拽了一下我的同伴——现在我又拽了一下，最后一次——但是为时已晚；两个男人已经站到了我们跟前。我不由自主地在长椅上向后靠了靠。“这是你吧?!”其中一个紧张地问，并将一张报纸伸到博格达诺维奇的鼻尖底下。报纸上有一张照片，但是从我这个角度看不清楚。我假装跟他没有任何关系，将屁股挪到了长椅的一端，与他拉开了几步的距离，博格达诺维奇并没有显出吃惊的样子，而是低头朝照片看了一眼。我觉得现在是我能够躲开的机会，从这里消失，蒸发，结束这种折磨，但最终我还是无法做到，我不能现在丢下他不管，尽管我并不清楚应该保护他什么。我朝他走过去，身子朝向地铁出口，试图拉他离开那里，但是不可能：他一动不动。站台上重又聚满了乘客。没过多久，人群把我们团团围住。绝望中我突然急中生智。“请让开！我是警察！”我一步跨到长椅跟前。两个男人顺从地闪到一旁。我在铅灰色的光线里，果断地把他朝滚梯方向拖去。围观的人群散开了。我的头嗡嗡作响，只听到背后有人在议论。我们走出了地铁站，外面细雨绵绵。博格达诺维奇走在我前面，脚步无声，步履沉重，他大衣的下摆不时被风吹拂，向后飘起。我已经尽了我的最大努力，问心无愧。在下一个街角……？或者在下一个门洞，趁他不注意时……？也许最好等一会儿在肉铺门口……？甩掉博格达诺维奇。我们穿过了农贸广场，走过了那个街角、那个门洞和肉铺，雨越下越大，街头的小贩们也四下避雨，有的盖上油毡，有的忙着收货。有一名警察站在广场对面，站在街口，这让我松了一口气。我已经跟博格达诺维奇没有任何关系。我们站住，他转向了我。“你在这儿等着。”他用含混不清的嗓音说。“好的。”我低头应道。他朝街角的警察走去，我也拔腿离开，朝着相反的方向。我看到博格达诺维奇将他的身份证递过去，随后——当我又一次扭头张望时——正好看到他坐进了一辆等在附近的警车里。我的脑子杂乱无绪。我想回到家里，站到淋浴喷头下，用勺子喝热汤，最终能够钻进被窝，享受新浆洗的被单令人舒爽的清凉。不管我怎么着急，地铁和有轨电车全都慢得令人焦虑。雨停了，积水从房檐的排水管流下。

不再审视观察

我的邻居，一位喜欢吵架、声音嘶哑的老妇人根本就没有注意到我，此刻，她正看着那条正从马路对面冲她兴奋狂吠的爱犬；后来她绝望地冲它喊了两句什么，但是为时已晚：那条狗高兴地摇摆着耳朵试图穿过疾驰的车辆跑到主人跟前。一辆公共汽车轧死了它。我对这令人战栗的骚乱视而未见，这一切跟我有什么关系？等着我的是淋浴喷头，热汤，新浆洗的被单令人舒爽的清凉。

（佘泽民 译）

理发师的手

由于他干这件事算不上专业，所以一下子难以断定应该使用多大的力气和多强的力度才能够避免再动第二次手，想来在这个关键时刻他若想战胜无论出自潜意识的残忍，还是荒唐的重挫而突然袭来的懊恼，要比任何时刻都更困难，因而在下手之前的、由于持续和沉闷的混沌神志而仿佛浓缩并静止到分秒之中的最后几天里，他既没有策划重要的步骤，也没有考虑到前因后果，只是在想象中模拟那种手起刀落的速度和力度，然而他总是忍不住地感到惊惧，即便他理应预料到自己时不时抽搐的左臂和肩膀可能会导致某个在场酒友的疑心，尽管那个家伙肯定不可能猜到这是怎么一回事。可是他已经无法顾及这些，甚至当这个并未经过深思熟虑就定了下来，并因意外的醉酒而顺延了两次的夜晚到来之时（被小伙子们、酒保和与其同龄的酒鬼称作“贝拉大哥”的老乔卡“打着一纸名为供养协议的幌子从他那套四十平方米的房子里成功获取了引人注目的款项”，他多次在大鼓酒馆里说：“这八万五千福林的现金对于我这把年纪的人来说简直是一笔巨款，恕我直言——管它丢不丢人呢——即使夜里我也要枕着它睡觉”，因此西蒙清楚地知道自己不必着急，还有时间，无论今天、明天或后天都是一样），西蒙越来越大意，而且渐渐地比一只折断了脊骨的小鹿还要没有提防：他不仅在大鼓酒馆里从开门一直坐到打烊，而且当老乔卡出现在酒馆里时，他让出了身旁的座位，并用仅剩的几枚硬币给乔卡买了一杯气泡酒，他对此没有做出任何解释，只是把酒放在了乔卡面前，这个举动在这里显得非同寻常，就连见多识广的贝拉大哥也用一个郑重其事的、军人风度的无言点头掩饰住他内心的惊讶。纵使西蒙一次又一次地暴露自己、承认他已无法跟即将成为受害者的那个家伙分开，这种近乎挑衅的毫无防备仿佛依旧庇护着他，西蒙在目光短浅、视若无睹的人群之中——他自己也迷茫地——堕落，直到那个逐渐临近的夜晚降临，在像丝网一般将他笼罩的浓重黑暗之中只有纸币辐射出的吸引力无比耀眼。然而保护并驱动着西蒙的力量和这种视若无睹却令乔卡陷入了被动，在某个星期四酒馆打烊之后，他为了回报每天一杯的气泡酒，在难为情之余亲自邀请西蒙去他家里做客，当这个老家伙不停地唠叨说跟酒馆里兜售的劣质红酒相比，他自己搞到的产自巴达切尼[①]的雷司令是多么美味时（“年轻人，一会儿你可以尝点儿好酒，然后好好想想这个世界会变成什么样……”），在楼梯间内跟在他身后的西蒙假装面露不安，就像抓紧胸前褶皱的棕色风衣一般越来越使劲地紧紧攥着那根短小却沉重的铁棒子。然而那时西蒙并不知道“这个世界会变成什么样”，当两个人走进厨房，乔卡背对着他将红

①巴达切尼：位于匈牙利巴拉顿湖北岸的一座小山丘。

酒倒进两只小酒杯里时，西蒙悄无声息地走到乔卡身后，毫不犹豫地抡起铁棍砸了下去。那个动作——彻底抵消了他在绝望中生出的孤注一掷和在同一时刻因精神崩溃引发的软弱——本身形成了击打，也因此产生了以巨大气力发动，但在最后时刻却因西蒙停手的意图而引发的致命而轻巧的一击。那副身体——在最后片刻乔卡的唯一财产——轻轻地一颤，布满汗毛的后颈顷刻覆满了血，一双手仍试图在空气中抓握，胃、喉咙、嘴还在痛苦地、惊愕地、充满无尽悲伤地呻吟（“什么……?!怎么……?!”），在被打翻的杯子和酒瓶产生的刺耳回声消失之后，乔卡自己也倒在了它们中间，倒在了厨房地板砖上，仅发出一只误入房间正要逃走的鸟儿从敞开的窗户返回外界时翅膀扇动的微弱声响。头骨碎裂的咔吧声——西蒙既不畏惧死去的乔卡，也不害怕意外袭来的同情，但他只怕听到这个声音——并非那样令人难以忍受（或许这种恐惧已被同一时间深入他后颈的尖锐疼痛压制了），于是当他意识到躺在混合着四处飞溅的葡萄酒的血泊里的身体已经不可能再动弹，于是缓慢地放下了一直高举着的左手，退出厨房，将后背靠在大门上，从即将爆裂的肺里吐出或许是乔卡先前恰好未能捕捉到的那一点空气。在躁动不安的寂静中西蒙有自己的理由相信钱就放在这老家伙的床上，然而出乎意料的是——当他提心吊胆地在这个与其说是房间，不如说是巢穴的阴暗、发臭的地方跨过可怕的障碍物，越来越没有耐心地、生气地扯开枕头、被子和床垫之后——他发现自己弄错了。他浑身发热，后脖颈的疼痛不但没有减轻，反而差一点就使他的头颅炸裂，有那么一刻，他感到自己还有希望迅速逃跑——跑出卧室！跑出厨房！跑出这栋楼！——摆脱眼前的麻烦。然而，他最终只逃到了一个柜子前，但西蒙在那里一无所获，于是他又翻遍另一个柜子，可是里面除了一个塞在磨旧的衬衣、背心和内衣中间的袖扣盒之外，他没能找到任何值钱的东西；失算突然使他丧失了理智，他把卧室掀了个底朝天：将窗帘连同横杆一起扯下，把桌子抽屉里的杂物倒在地板上，将柜子拖离墙壁，然后他上气不接下气地被自己造成的破坏和响动吓坏了，突然停了下来，屏住呼吸，开始听门外有没有脚步声。“不要……不能这样……”他迫使自己恢复理智，然后将这句话重复了两遍，以便借助这副令人警醒的坚定语气帮助自己在这混乱中稍稍平静下来。他点燃一支香烟，揉了揉刺痛的双眼，现在他才意识到自己的行为是多么的愚蠢；他怎么能够这样地失控？话说回来，他为什么非要在被子和床垫里翻找什么？也许是乔卡话语的表面意思，也许只是其中的个别词语将他犹豫不决的注意力引向了床铺？他清楚地知道，谋杀本身已经无可挽回，谁让这个老家伙自己总是唠叨不停，他从来不会跟他的钱分开，即使在床上也不会……令西蒙感到意外的是，当他意识到错误，意识到由此造成的惊诧反而让人感到轻松、舒适和某种解脱感，于是他不再忙乱，也不再着急，他认为自己还有时间，况且他几乎已经看到了乔卡鼓鼓囊囊的口袋，他感到自己只要伸出手就有可能马上摸到那个估计是用棕色纸包裹的钱卷，之后，除了正确策划逃跑的步骤，有的放矢、周密审慎、头脑清醒地为所有可能出现的情况做好应对准备，并且决定何时、怎样离开这座城市外，就没有别的事情了。他站在厨房门口，将一侧肩膀倚在门上，在把乔卡击倒之后第一次看了看那具不再动弹的尸体；他满意地发现自己竟能如此冷酷无情地站在这里，就连他自己都惊讶地意识到他既没有感到同情，也没有因自己随时都有可能被抓个现行而感到恐惧。他并不想欺骗自己：虽然几分钟前杀了人，但现在他感觉这件事已不再那样可怕了，因为他发现——一切完整的事物都具有天然的吸引力——事物只有在令人难以置信的时候才是恐怖的，一旦人开始相信它的存在，它便可以被忍受。他对先前的惊慌感到有些羞耻，因为现在乔卡已不再是乔卡，只是一团恶心的肉、一件厨房地砖上被塞满的大衣、一堆从里到外散发着酒臭的不幸，如此深不可测、无法跨越的巨大鸿沟将它与曾经的生命隔开，以至于西蒙极力为自己开脱的想象力无论如何也无法将其弥合，因此他不是将一个生物，很显然而是将这样的东西打死是那么令他害怕也就毫不奇怪了。他现在才意识到在过去的几天里持续困扰着他的、可怕的混沌神志彻底消失了，左臂不再酸痛，他也已经能够分辨自己在哪儿、发生了什么以及应该怎么做，于是他踩灭了香烟，小心翼翼地走向死尸，以免玻璃碎片划破单薄的鞋底，伤到脚。为了确保能够找到钱，更确切地说是出于小心谨慎的细致，他先认真地翻遍了大衣外侧的口袋，然后又检查了内侧的口袋。“显然是在西服外套里。”他解开了大衣的扣子，但是里面除了证件、一个钱包、烟盒，还有几张褶皱的彩票之外，什么都没找到。“肯定是在裤子口袋里。”他将尸体腹部朝下翻了个个儿，却只找到一个绿色的票据夹。“哼，老东西，”他自言自语道，“你把钱藏哪了？屁股里？”西蒙一遍一遍地搜寻口袋（“再找一次！再找一次！”），从头到脚给受害者搜身，将他的鞋子脱下也无济于事，哪里都找不到那笔钱。他面色苍白地站在昏暗的灯光下，听着门外楼梯间里传来不断走近、然后逐渐远去的沉重脚步声。布满污点的、菠菜绿的墙面仿佛开始向他靠近。楼下的大门发出了响声。“也许是个干体力活的夜班工人。我应当呼救。”他不仅无法看透这里没有钱、一切只是一个可怕的误会，他甚至无法质疑这笔钱是否真的存在，因为他只需要相信已知的信息，然而那双几乎已经不听使唤的手还是检查了钱包（“三百二和一点零钱……”），打开了烟盒，最后在票据夹里找到了西蒙——他怎么会猜到是这个——没承想找的东西。他没有细读，大脑仿佛拍照一样记下了这张官方文件（“这钱只是在纸上……他还是没有撒谎……不可能……不可能是……这……样……”），然后他慢慢地垂下手，纸片滑落，他打了个冷战，顺从了突然袭来并成功将他击垮的疲惫，跌跌撞撞地走回昏暗的卧室——这里只有从厨房透出的少许光线——坐在床的边缘，仿佛一个认定自己不配拥有更多空间的人。坐也不是，弓着背也不是，挺直背也不是；所有的一切都失去了意义：呼吸、面部瘙痒、寂静；蜷缩在这里毫无用处，就像站起来、走出去也是多此一举一样，因为三步之后他就会发现自己找不到出口，而且无论如何也无法确定事物的方位，以及它们为什么会出现在这里、在那里，他在这样绝望的、单向的、地狱般的空间里无法辨别方向，而道路仿佛只是从前厅穿过厨房延伸到卧室，返回却绝无可能。除了十指在小腹前交叉、坐着等待之外，他又能做什么，然而当他望向厨房透出的、几乎令人目眩的光亮的时候，他看到由于先前的推拉和翻动，乔卡就像一只伏在地上准备起跳的猫（大衣在身体背部聚成一个鼓包，他的手像前爪一样向前伸，两脚分开，仿佛正试图借此在厨房地板上获得支撑），于是西蒙走出了卧室，一边因为折磨后颈的抽筋和光线而不停地眨眼，一边试图将尸体放回原位，但就连他自己也不知道，这样做到底是为什么。无论他将压在前胸下的手臂抽出，还是让尸体重新仰面朝上都无济于事，他感到这张直视着他的、恐怖而扭曲的、布满擦伤的脸令他难以忍受，对此他必须要做些什么。他把手伸到尸体的腋窝下，试着使这具出人意料地沉重的身体背靠着桌脚坐起来，然而身体躯干却总会倾斜；于是——因为有了其他主意——他将尸体拖至窄小的前厅，放在挂衣架的下面，并用几件大衣盖住；但他却发现“这样也不行”，因为尸体已完全将这个狭小的空间占满，（“如果有人来”）门将无法打开。他拖着尸体穿过厨房，来到卧室里，手足无措地停在床边，最后——他感到胳膊都快要断了——让它坐在了最阴暗的角落里的破旧沙发上。他将尸体那已经有些僵硬的手放在扶手上，把大腿上的大衣印子抚平，并将一条腿强行扳到另一条腿上，仿佛乔卡正跷着二郎腿，然后他回到厨房，熄灭了灯，自己也坐在一张板凳上。然而他对这样的成果并不满意，因为想要一次性满足自己的双重要求并不容易：以某种方式纠正他的所作所为，并同时否认这件事是他做的；更别提这种行为的深处实际上是一股由本能的反抗引发的、无法控制的、总是错怪他人的情绪在作祟，在对抗着充满无能为力的地狱，因为现在面对犯下的事情，他已完全束手无策。他无法逃离，因为内心已被死死地困住，尸体在这时完全倒在了他的身上；他无法将它放下，即便放下也无用，虽然他的手臂已空空地垂在身旁，但似乎仍旧被乔卡那毫无生气、沉重无比的身体使劲拖拽，仿佛他们正互相搀扶着在这冥界的迷宫之中找寻一处容身之所。他已经无法挽回地属于乔卡，就像乔卡除了他之外什么都没有一样，倾倒像镣铐将他们绑在一起，就如同坠落悬崖时折断的树枝无法与青筋暴突的手分离，因为在他们下面，在那深处的河谷波涛汹涌。“这里为什么这么臭?”他打开灯，嗅了嗅空气，然后——因为他想起在里屋感觉最明显——很快在卧室里找到了被推到床下的锡皮痰盂，里面盛着半盂尿。“至少我不会这样做”这个想法在他的脑海中闪过。他立即将尿倒在厨房下水道里，但却不敢开窗通风，以免开开合合的窗户引起楼下人的注意，然而直到现在才发觉的臊臭却愈加令他心烦：乔卡让他感到羞耻，他希望这老家伙——如果警察随后到来，搜查屋子——能给人留下一个好印象，因此他甚至还想去打扫房间、刷干净随处摆放的肮脏碗碟。但他感到自己现在并没有足够的力气来做这些事，于是就再一次点燃了香烟，关上了灯，重新坐回到板凳上。他那一双死气沉沉的眼睛凝视着黑暗，有一阵子他只是将注意力集中在折磨人的头痛上，然而当他意识到这里的一切：摇晃的桌子、板凳、残留在肮脏灶台上烧焦的食物、外面搭着衣服的挂衣架、永远凌乱的床铺、沙发和里屋廉价的地毯为何都如此熟悉的时候，他感到数周、数月甚至数年之前，自从他第一次陷入困境以来，他就预备着来到这里，来到这个不幸的巢穴，正如他的逃避型人格试图圆说这不堪一击的逻辑一样，他认为自己能如此毫无阻碍地走到现在并不是偶然，他仿佛一直在追随既定的方向。他未曾想过是自己的软弱、懒惰，以及一切完整的事物——也许是由于不断增长的焦虑——都在他掌中破碎所带来的痛苦将他推向了这人生的关键时刻，他更愿意怀疑是一个充满敌意的、冷漠的上帝在作怪，这个上帝只是一个由自我组织构成的、冷酷无情的世界的化身，既然西蒙所做的事已无法更正，他便不再害怕由自责、内疚或是恐惧带来的钻心痛苦会使自己窒息，也不再惧怕犯下重罪之人那可悲的呜咽，他只害怕一切抵抗都毫无希望，因为只有可以理解的事物才能被战胜。一个想法在他的头脑中快速闪过：你用什么方法来走完宿命已完全无所谓了，虽然一切看上去都是偶然，由于疏忽而从你的香烟上落下的烟灰使房子着火，你的孩子、妻子、朋友、母亲在房子里被烧死，就是你自己杀死了他们……乔卡……你注定会完蛋，因你而降临到任何人身上的恐怖与你的疏忽和邪恶的意图密不可分，然而你又能怎么做？如果你为此责备自己直至疯癫，你也就太愚蠢了。现在对于乔卡来说一切都已经无法挽回地结束了，出于误会而落下的左手夺去了他的未来，虽然就连他自己也不清楚，几个小时之前他怎么会以为这八万五的现金能够拯救他，事实上，他成为杀人犯的这件事怎么会发生，恰巧是他，这个从来没有对任何人举起过手掌的人，就算他无法避免地卷入了酒馆的口角，那他宁愿自己被打，也不会打任何一个人。“几点了？”他的表很久以前就换成酒喝了，于是他没有别的办法，只能再一次走进卧室，去看乔卡的表。他打开了屋里的灯，走向僵硬地摆着可怕姿势的尸体，并拿起它的手，因为他看不清表上的指针（“还不到十一点。”），当他重新回到餐桌旁的时候，表在走的事实才开始作痛。眨眼之间恐惧突然令人毫无防备地袭来，直到走在寂静的街道上时他才回过神儿来，无论如何也不愿再去回想自己是怎样逃出来的。“我碰了所有的东西。不管怎样我都会被绞死。”天下着蒙蒙细雨，强劲却温暖的四月春风吹打在他的脸上，道路两侧的花园和院子深处传来如婴儿痛苦哭泣一般的猫叫声，令他害怕。他从一家酒馆走到另一家，在发现最后一家酒馆都已打烊之后，他又回到第一家，重新开始：他一整晚都在一圈一圈地走，仿佛在一个深坑里，因为只有行走才能稍稍减轻那无休无止的恐惧。他没有地方可去，因为他知道警察首先会去他的朋友家——他在那里住了将近两个月——搜查，于是直到双脚在浸湿的运动鞋里完全冻僵之后，他才在教堂墓地的一张长椅上躺下。他立即沉入梦乡，虽然至少睡了有两个小时，但当西蒙被一声汽车喇叭声惊醒，并在清晨令人不适的阳光中不停地眨眼的时候，他仍旧感觉自己才刚刚闭上眼睛。他感到冷，极其地冷，他已感觉不到双脚的存在，牙齿在打战，敏感的肾脏部位也出现了轻微的疼痛。但头痛却不再那么令人难以忍受了，他的脑袋只是有些酸胀，双眼并未受到影响。他害怕被曾经打过照面的牧师或是牧师住所里的其他人发现，于是便迅速悄声穿过了墓地永远敞开的大门，融入赶去上班的冷漠人流，其间他还向在牛奶车里愉快地忙碌着的司机挥了挥手，他俩经常一起在名副其实的绿鼻涕酒馆角落里的桌子旁喝得烂醉。虽然他已断定自己没有任何机会逃脱，但在这温暖舒适的阳光中他还是本能地开始思考应该采用什么方式离开这座城市。他在口袋里找到了乔卡的钱包，并将这当作特殊的有利预兆，而后他做的第一件事就是在最早开门的市场售酒摊边用几杯朗姆酒温暖冻僵的四肢。幸运的是——因为他不知道该对他们说什么——不论是在这里，还是在通往汽车站的路上他都没有遇到熟人，于是他悄悄登上了第一班开往郊区的车，然后一直坐到了终点站。这个他连名字都不知道的村庄是山谷中一个安静的、睡意沉沉的小型聚居点，四周大部分山丘仍被雾气笼罩。他刚刚走下的巴士被一群欢快吵闹的孩子包围，当车载着孩子们离开之后，西蒙周围变得异常寂静。他四处张望，并在车站正对面发现了酒馆的招牌；他决定在完全喝醉，喝到不省人事之前不采取行动，也不进行思考。然而在第一杯一百毫升的朗姆酒之后——这里的酒比城里卖的更烈——乔卡现在怎么样了的想法却开始折磨他，也许丢下乔卡一人之后，他就从沙发上翻倒了，这种可能存在的事实令他的身体发烫。虽然他不愿胡思乱想，因为他看不到这样做的意义，他强迫自己思考用什么办法仍旧可以逃脱罪责，但他却无法抗拒诱惑，越来越不能自拔地陷入假想，万一可疑的不是他，而是与乔卡签订供养合同的那些人，即使他感到有力的论据与之相悖。人们会发现他的指纹，大鼓酒馆里也会有许多人证明乔卡认识他，更别提任何一个人都有可能看到他陪乔卡上楼，或从楼里跑出来。他的处境毫无希望，因此他决定从这一刻起什么都不再想（“只是喝酒，喝到吐……！”），但他随即又再一次意识到自己已经在头脑中开始思考：必须改变外貌，在偏远的地方找个工作，或者逃往国外，重新开始。他再次走向吧台去要朗姆酒，并成功地经受住了酒馆老板娘怀疑的目光，虽然这目光大约并不单单针对他，而是针对所有的陌生人，但将酒一饮而尽也无用，他无法将自己灌醉。“理发店在哪？”他问道，然后当他看到这话并没有引起老板娘的注意，就又大声重复了一遍。“理发店？出门右转，在拐角那里。”老板娘阴沉着脸回答，她似会意地和酒馆里唯一的客人：一位面带伤疤的老人——交换了一下眼神，然后补充道——“赶紧去。”“为什么?”西蒙转向她。“因为您看上去马上就要被警察抓住了。”女人回答，并呵呵大笑起来。这句带有双重含义的话让西蒙震惊，以至于他用尽了所有的力气，才从酒馆里走出来，当他找到理发店，走进店里的时候，这句话还像一个意外的，但仍旧不完全令人惊讶的恐吓在他的身体里作痛。在理发店异常低矮的、由于不久前的漏水而污渍斑斑的天花板下摆着的一面稍稍歪斜的镜子前，在一把供顾客使用的木椅子上坐着一位身穿运动背心和短裤的、粗壮的、发福的大块头。他那巨大的啤酒肚压在大腿上，当西蒙打开店门时，他正将一把擦得锃亮的小号举到嘴边；他没有吹，但也没有立即将小号放下，当西蒙尴尬地、结结巴巴地说话的时候（“我的头发需要……我想剪头……如果……可以的话……”），他只是看了看来客，然后吐出了本想作其他用途的空气，面露愠色地将乐器放在肚子上，朝西蒙喊叫：“您家里没有门吗?!”西蒙更加尴尬地迅速转身，他看到门确实开着，很显然他刚刚只是在身后随意带了一下，但是第二次关门的尝试也没有成功，最终他用肩膀顶住才艰难地把门关上。“我还没开张，”理发师说，“客人一般不会现在来。他们都在地里工作。”西蒙听到这话嘟囔了一句，然后朝门走去，这时理发师又吼道：“您要去哪？既然来了，我可以给您剃头。只是这个时候一般不会来人。”他从椅子上站了起来，手里拿着的小号几乎已完全掩埋在那巨大的手掌之中，他一边喘着粗气，一边迈着蹒跚的步伐走向理发店的角落，消失在一个仅用窗帘布遮掩的房间里。西蒙的第一个想法是——他很难解释为什么，但他在这位像屠夫一样的理发师身上不止感受到了单纯的威胁——立即逃走；但在稍稍冷静之后，他觉得这只是疲乏的想象力在作怪，因此他还是留了下来。他坐在镜子前面那把很明显是自制的理发椅上，一边尝试听懂理发师在窗帘后面跟谁在嘀咕些什么（“像是一个女人……是他老婆?”），一边在肮脏的镜子里审视自己的外表。油腻、稀少、向外翻卷的头发几乎已长到肩膀，面前的头发紧贴在低矮的额头上，他的双眼充血、皮肤粗糙且坑坑洼洼，稀疏凌乱的胡子已无法遮盖位于右脸颊鼻子下面那丑陋的、已开始化脓的擦伤。“随便一个条子就能抓住我。当然也无所谓了。反正他们会把我吊死。”当他感觉到理发师放在自己肩上的手掌的时候，他才意识到——一分钟，两分钟？——自己睡着了。“喂，这里可不是旅馆！”理发师穿上了裤子，套上了袜子和鞋，但是白色的理发围裙下面并没有穿衬衣。在他身旁站着一个面容年轻、体形老态、臀部大得出奇的女人，她开始尖声地请求理发师，仿佛西蒙并不在场。“不要这样。至少给一百吧。”“我说过了，快滚！”理发师咬牙切齿地说，女人听后鄙夷地将理发师扫视了一遍，生气地走向门口，在身后摔上了门。“臭婊子！”理发师一边转动把手关紧了门，一边自言自语地咒骂道，然后他小心翼翼地抚摸了一遍自己的额头，说：“她还害我长了颗痘呢！”理发师走向西蒙，让他从椅子上站起来（“留神！”），然后把油毡地板上四处散落的发丝扫到一处，又用一件湿衣服擦了擦镜子，之后从窗帘后面拿出一个竖纹水杯和一瓶混合白酒放在镜子前的桌子上，说："现在行了。您要知道，秩序可是一切事物的灵魂。"西蒙重新坐回到椅子上，当他看见、听见理发师在自己的头顶上挥动剪刀的时候，他胆怯地说："我还想洗头，如果可以的话……"

"我无所谓，"理发师回答，"但得等一会儿。这里的热水可不是从墙上流出来的，要加热。"理发师倒了大约三指深的白酒，一饮而尽，然后再次消失在窗帘的后面。在西蒙等待理发师回来的过程中，或许是理发店里的闷热令他长时间以来第一次体会到的安全（温热、安静、须后水、发胶、剃须泡沫特有的香味让他感到舒适），也或许是理发师的形象散发出的安全感让他想起小时候第一次被带到理发店时，自己最终顺从地，但仍旧害怕地大哭着、充满抗拒地被迫忍受他人夺走自己尚未修剪过的头发，他感到此时此刻恰恰是和那时同样的情绪波动和由被动服从引发的无能为力将自己占据。理发师端着一锅冒着热气的水出现，他把锅推到椅子后面，一边将西蒙的头放在一个带有可调节支架的铜盆上方，一边板着脸问："您是哪里人？我敢打赌是城里人。

我猜得对吗?”“对。”西蒙答道，他闭上了眼睛，以免水流进去。当他此刻近距离地直接感受理发师散发出的力量，当理发师那厚实而粗糙的手伸进头发的时候，西蒙已完全在椅子上放松了下来，只有双手十指仍在小腹前交叉，他感到自己毫无防备。“如果理发师知道我是杀人犯，他或许会亲手把我吊死在窗帘后面。谁都不会发现。”理发师像一台蒸汽机一样在西蒙的头后面喘着热气，完事之后他将头发冲洗干净，包上一条毛巾，并对西蒙说：“擦干。”理发师拉开镜子前面的一个桌子抽屉，从里面拿出了几把剪刀，逐一对着灯光挥动，然后用手指从头到尾抹过其中一把剪子的刀刃。“想剪什么样的?传统一点的，运动式的……”“传统一点的。”西蒙说。“我也这样认为。您的头发差极了。这样的头发适合剪短，适合多剪一些。”理发师一只手拿着梳子，另一只手拿着理发剪刀开始工作。西蒙感到这个大块头正期待与他开始对话，何况沉默是折磨人的，甚至是危险的，于是他指了指放在桌子上的工具说：“我看到您有几把不错的老式刮胡刀。”“但最好的牌子，”理发师朝用窗帘隔开的房间抬了抬下巴，声音里透着受到冒犯的骄傲，“在那里。叫众森。”“众森？”西蒙惊讶地说，“这不是一个快艇发动机品牌吗？”理发师手中的剪刀停了下来，他后退了一步，并没有走回到椅子旁边，西蒙这才明白出事了。“您……这是在嘲笑我吗？”西蒙听见背后的声音说。“没有，”西蒙转向他，“我只是……”“您是在嘲笑我！”理发师打断了他的话，突如其来的愤怒令他满脸通红。“但我没有……！”“您别想骗我！我能看穿！”理发师将他的话顶了回去，手里拿着剪刀开始胡乱挥动，“您以为，因为您是城里人，就可以为所欲为？您知道我是谁吗？！您知道理发师是谁吗？！让我来告诉您！”他走向桌子，往杯子里倒上白酒，然后一饮而尽。他挺直了背，挤了挤两只像野猪一样的、间隔较大的小眼睛，目光越过西蒙的头顶：“您肯定从没碰过《圣经》。不然您就会知道我们也在里面。在参孙的故事里。然后一直贯穿全书。没有了我们，您知道您和所有人都会变成什么？！一只彻头彻尾长满长毛的动物！我们理发师就像警察一样。我们想要秩序！我们抹去您和所有人的高傲！明白了吗?!”西蒙害怕地点了点头。“不过，由于这里不会再出现参孙，会有秩序的。”说到最后几个词的时候，理发师就像一个突然恢复理智的人一样放低了声音，他勉强清了一下喉咙，然后挠了挠头皮。“您别为这生气，”他和解似的补充道，并走回到椅子旁边，重新在连气都不敢喘的西蒙头上继续他的工作。“为什么要嘲笑。顾客就是顾客，我并没有说不是。但是不要嘲笑。牧师也不敢来这里了。因为当他想在教堂里嘲笑我的时候，我也跟他说了。他说我是异教徒。说我！总得有人说出真相。魔鬼就是上帝。他们最好清楚这一点。”西蒙完全紧绷地坐在椅子上，以免自己在理发师的手下移动。虽然他知道这个理发师的脑袋要么有点不太正常，要么已经完全疯了，但这一番大吼大叫的混乱说教还是深深地搅乱了他的内心。他感到这位半疯或是全疯的理发师的话突然照亮了他的整个生命，看来正是这令人害怕的相遇使他眼前的障翳脱落，他现在已经完全明白了这一切，只是很难表述出来，他明白直到现在自己都是这一切的愚蠢受害者。他一言不发，不时表示赞同地点着头听着大块头的话（无论如何他都不想冒险，再一次并非出自本意地惹理发师生气），虽然一个突然袭来的不祥声音悄悄跟他说，快从这里逃跑，但别说是站起来，他就连动都不敢动一下。然而剪刀却越来越生气地围绕着他的头部挥动，理发师的声音也变得越来越低，甚至已经开始胡乱咒骂某个人，或者某件事……西蒙在想象中努力逃出店门，他看到自己在空无一人的主路上奔跑，然后转弯，之后很快离开了村庄。“理发师、条子、医生、我的母亲，”他全身绷紧着想，“屠夫、店主、酒馆老板、检票员、裁缝、牧师、泥瓦匠。我已站在对立面了。”他明白抵抗是徒劳的，这套秩序无论如何都会与他作对，谋杀只是将他的处境板上钉钉，因为一个不能自由地主宰——创造，然后终结，以便重新开始——自我的人，内心的苦涩始终无法平息，会被那种由不可逆转的、无法战胜的力量驱动的秩序毫不留情地吞噬。他没有注意到大块头突然安静地放下了剪刀，他也没有听见理发师扭曲着脸嘟哝了些什么（“还要刮一下脖子……然后……就完成了……”），因为他已经抵达了一片草地，一小片在山坡上长着草的高地，他精疲力竭，脑袋嗡嗡作响，只是坐着，强忍着哭泣，就像儿时第一次理发之后一样。因为现在他已不再怀疑，他看到自己是一个因巨大的上帝迈出的步伐而在一条无尽的山路上滚落的石块，当他正在害怕还剩多少步、山峰竟如此之大的时候，他没有料到在里屋窗帘的后面，大块头用颤抖的手扯开了一个皮套，闪闪发亮的眼睛正对着透进去的光线检查众森那锋利的刀刃，他从身体里呻吟道："什么……?！怎么……?！"他已不知道这也曾是贝拉大哥的临终遗言。

（康一人 译）

荷曼，猎场看守

（第一稿）

那份工作——虽然私底下他已经完全预料到了，伴着潜藏的恐惧，他担心自己的退休会证实自己的那一判断：人们不再需要他了——最终突然送上门来，可以说让他毫无思想准备，因此当他抛开一切多余的客套，用简洁的话语感谢“野生动物管理专家们的信任”，并接受了这项任命时，他是那么的害怕，就像一个轻而易举、几乎毫无阻碍、未经任何努力就达到了目标的人，因为实际上他不仅仅只是“私底下预料到了”，这一切都在他的计划之中。许多年前他的脑海中就曾第一次出现过这个念头，即他会退休，他期待那时自己能够获得——能使长久以来受到愚蠢命令、监管和法规约束的能力毫无限制地发挥所必需的——真正的自由，甚至期待能够稍稍地为所欲为。当然正如后来他自己所说的那样，人们选择了他，这丝毫没让他感到意外，即便得知是他众所周知的精准、坚韧和毫不动摇的执行力最终使管理局认定他是毫无争议的合适人选，他心里仍会感到欣慰，但他知道这一切首先应该归功于他是受到内行人尊敬的、独一无二的陷阱大师，而他也曾多次苦涩地自嘲，说自己就像"最后一个莫西干人"那样守护这门古老技艺的精妙至极，但即将失传的秘籍。当然，除了他个人的关系之外，他的工作性质也促成了这样的决定：那片瑞蒙德树林（只有不到一两公顷的鹅耳枥和橡树）几十年前起就被大家忽视，所有的林业活动都集中在离此处五公里远的、面积巨大的狩猎场，而这种不可原谅的疏忽（或者用荷曼的话说是"管理局令人担忧的大意"）的后果是瑞蒙德在这项工作任命之前变成了无法监管、视线无法穿透的密林，成为了不能穿行的原始丛林和"这一地区静心呵护的躯体上的脓疮"，任何一个明智的猎人或游客都不会踏足。在这片任其自生自灭、已经野化，并因此令人惧怕的丛林中突然快速繁殖的有害动物[①]不仅给周边的农场主带来了麻烦，而且很快就要严重危及狩猎场，这时事情才变得严肃起来。决定很快就下来了，荷曼可以放手大干一场了。他就像一个不知疲倦的黑影，带着饱满的动力投入工作，每天从清晨到傍晚都在“这片区域”度过，他砍伐灌木，修剪树枝，修建舔盐槽和食槽，清理原有的狩猎小路，必要时他在密林中开道，用古老的方法——通过查看出入森林的足迹——估算有益和有害动物的数量，凭借直觉和经验观察动物觅食的路径与障碍，以及动物睡觉和休息的地点，在发现自己面对的主要是野猫野狗，仅有几只獾和狐狸之后，他修好了手头已有的蝶形夹、踩夹子、捕狗笼，并为它们除味，在此期间当地的铁匠按照荷曼清晰准确的指示制作了十套名为“柏林天鹅颈”的踩夹子，荷曼曾多次向铁匠表示，他对这些踩夹子“非常期

①有害动物：以猎食有益动物为生的野兽，包括长有翅膀或皮毛的食肉动物，如野猫和野狗等。

待”，他整天将自己关在家中的工作间里，以便——如有需要——确保不论是捕兽笼，还是套索都数量充足。接下来是使动物习惯陷阱的漫长阶段，当荷曼确认这些猎食动物已不再对经过巧妙伪装的陷阱感到陌生的那一天到来的时候，他决定第二天将它们“启用”。虽然他已胸有成竹——他熟知有害动物的足迹，考虑了风向，使用了彻底腐败的（用鱼头、肠子、打碎的动物脚掌和其他碎肉做成的）气味诱饵，设计了引诱路线，使用了诱饵、诱食，在必要之处，主要是捕狗笼的附近设置了引诱动物落入圈套的障碍——但他仍旧兴奋且紧张地期待着成果，因为他认为在自己身上“整个职业正经受着审判……”而这项手艺逐渐衰退、慢慢失去重要意义的地位将重获昔日的光辉。管理局给荷曼提供这个带薪工作主要是为了在某种程度上慰藉自己的良心，并没有期待他取得真正的成功，然而令他们意外的是在工作委派后的两年之内，瑞蒙德由繁密无比的原始丛林变成了这片区域里生机勃勃的、令人安心的一块色彩，当退休的猎场看守在第二年底将总结报告交到专家们手中的时候，他们几乎无法相信自己的眼睛，虽然从数据上看荷曼说的是真的，他认为“有害动物数量已经降到了最低，有益动物的繁殖情况也有了较大改善”。临时组织的一队人马在工作现场找到了荷曼，想向他表示管理局的认可（他当时正在密林里制作捕兽机关），但是荷曼表现得很冷淡，甚至极不友善，因此他们认为最好将这一切延后。在荷曼用一句生硬和极其高傲的话（“不需要！”）立即回复了野生动物管理员和狩猎协会例行的年终奖金分配的邀请之后，管理局明智地决定在荷曼休息好之前最好不要打扰他，因为显然这一切除了他已筋疲力尽，并不会有其他原因，况且这种事在这个时代——而且在如此长期的繁重工作之后！——并不奇怪……实际上荷曼是因为在过去的两年间死去的、数量庞大的有害动物陷入了沉思。在第二年年底他第一次意外地做了一个噩梦：他在远处看尸坑……（那是彼时他在一片精心打理的草地上亲手挖的，用来扔放野狗和野猫的尸体，除此之外这个坑还有一个特殊的使命：它所散发的恶臭会对一段时间以来逐渐变得小心谨慎的猎食动物产生“磁性的吸引”）……在慢慢靠近的时候，他感受到了可怕的响动……他听到了拍打、摩擦、撞击和皮肉撕裂那令人恐惧和厌恶的声响，最后……当他不得不朝坑里看时，那深处体积庞大的、腐败的、带着皮毛的肉堆就像一块大肉冻一样开始颤抖……他在这一刻惊醒，在接下去的几分钟里喘着粗气，汗流浃背，惊恐的双眼直视着黑暗，从此他再也无法摆脱这种不久之后在白天都像梦魇一样袭来的恐惧，直到有一次在清晨巡视的过程中，当荷曼依据狩猎圈内不成文的道德规定，正准备将夜间落入陷阱的动物取出并杀掉时，他突然丧失了全部的力量，只能被迫长时间无能为力地注视着一只精疲力竭的、不时扭动的、肮脏的野狗。其实他熟知多种杀死落入陷阱中的野兽的方法，对于小型动物，比如貂，他会这样做：用一根木棍将动物的头部压紧，并踩它的胸骨；对于狐狸、獾、野狗、野猫（当然前提是它们得熬得过夜晚），他会用木棍击打鼻子，然后在昏死过去的猎食动物的头骨和脊柱之间用一个坚决的动作插入小刀，这样就能切断脊髓。但在那一刻所有的学识都失效了，他就是无法做出那个决定性的，且人道的举动；荷曼自己也对这突然出现的无能为力感到惊讶，他就站在这只备受折磨的动物旁边，紧张地擦拭着冒汗的额头，不时朝身旁吐口唾沫，但他却无法战胜这令人难以理解的软弱。接下去的数日、数周都在从未有过的、压抑的昏沉中度过；他的视力开始下降，双耳鸣响，有时他甚至以为自己下一分钟就会失聪，身体的各个部位在某种由内而生的反抗力量的迫使下保持紧绷，就像野狗和野猫在遇到危险时准备跳跃一样，每天晚上骑自行车回到家后，他总是精疲力竭，肌肉酸痛，和衣倒在床上。即便他尝试去理解也无济于事，他完全想不明白到底是怎么一回事。他已彻底无法冷静思考是怎样的厄运在威胁着他，因此——这样至少不必使自己关注这令人担忧的状态——他决定以先前两倍的努力投入工作。他在森林的各个合适地点都安装了捕兽机关①，可是当他

①捕兽机关：利用重压的方法捕捉野生动物的陷阱。一般先用两根木头分别做成对底和压杠，然后用扣环支设，扣环下方用连线连接食饵，当兽类取食诱饵时，压杠压下，将动物捕获。

取下压杠，并按照尺寸将松木锯断时，他没有感受到原有的平静和骄傲，反而被突然袭来的不祥之感驱使着进行工作。即使他整天将自己关在市区的房子里，身处磨旧的家具、钉在墙上的鹿角、填充的鸟类标本之间也无法使他平静，就连在城市周边的小酒馆的肮脏角落里喝到烂醉也无济于事，看来所有的方法都不管用。于是他决定去看医生。一开始他抱怨肝脏出了问题，但后来发现肝脏“运行良好”；然后他又怀疑是胃溃疡，但医生安慰他说完全不关胃的事，他的消化系统完好。最后在几近绝望的时候，因为不论是化验，还是检查都没有显示出任何异常，荷曼这一次无比自信地在诊所里宣布，他“已经确切感到问题出在哪里”，并指向了心脏。医生——毫无疑问已经为精确诊断做出了所有可能的努力——几乎令人无法察觉地微微一笑，并没有阻止荷曼进行新的检查。检查结果令人失望，几天后医生高兴地跟荷曼说：“真是大获全胜！先生，您的心是铁打的！”这时荷曼失去了自制力，生气地朝诧异的医生摆了摆手，大声咒骂着离开了。他又重新将自己关在家中，但尝试去追逐在令人烦扰的思绪中星星点点四处散落的片段也无用，他无论如何也追不上，当他发现一想到瑞蒙德，一种无法抑制的渴望就会油然而生的时候，他便不再继续思考，而是穿上衣服，给瘪掉的自行车胎打足气，激动地上路了。到达时天已近黄昏。虽然还有些许光线，但他还是几乎摸黑在密林里前行，他屏住呼吸，踏着不寻常的、左右摇晃的步伐走遍了狩猎小路，即便现在荷曼已不是从前的荷曼，热切的兴奋仍旧驱使着他，他将重心落在脚趾上，以免靴子后跟将树枝压断，吓跑在逐渐入夜的森林里慢慢开始猎食的野兽。他并不指望捕获猎物，因为在过去的一段时间里，十一月末的降雨肯定已经将陷阱彻底冲刷干净，多疑的有害动物会远远避开；而且当他以主人的视角巡察食槽和狩猎小路的时候，他被恼怒和一种并不完全令人不悦的担忧裹挟，因为他看见茂密的杂草重新占据了仅仅放任几周的森林，不时折断的树枝使人的行动变得困难，大部分蝶形夹都已生锈。他感受到了那种无法战胜的、窒闷的力量，它突然从四面八方袭击了精心打理的大路和小道，使食槽炸裂，并腐蚀捕兽笼和捕兽机关，它就像一张巨大的、缠绕着的、可怕的藤蔓盘踞在整片树林之上，嘲笑着人类扭曲的意志，妄图依照自身剽悍的简单削弱一切复杂且高深莫测的事物……荷曼并没有被吓倒，也没有自暴自弃，而是卸掉了压在身上的重担，他如释重负地发现自己仿佛立即又活了过来似的，决心、坚定和对秩序极度渴望的强大聚合力给他的灵魂重新注入了力量，接下来便别无其他，除了尽快回家，擦干身体，睡过今晚，以便明日——忘记这几周的耻辱——精神抖擞地投入工作。他正准备离开，在此时出现的月亮那银色的微光下，离小路四五步远的一片灌木丛下面的一块大小和形状都异乎寻常的阴影引起了他的注意。他小心翼翼地走近，以免在黑暗中跌倒，并打开了手电。他已全然置之脑后的天鹅颈踩夹子此时正无情地直立着，指向天空。那场景令他震惊……他感到刚刚失而复得的平和与安宁只是上帝残酷且邪恶的玩笑，只是为了在此刻使他心中一切完好的事物全部崩塌……然后他突然绝望地用双手捂住了脸。一只巨大的、皮毛浓密的雄性狐狸身体僵直，摆着极不寻常的姿势：它的尾巴、屁股和后腿平摊在湿软的泥土上，两片垂直于地面、紧紧咬合的弧形铁爪钳住了它的脖子，将它撕裂（荷曼很清楚：那是一个可怕的瞬间），踩夹子将这只动物的上半身抬起，晾在空中；龇牙咧嘴的表情在它的头部凝固，两条前腿死亡般轻柔地搭在一起，头和前腿僵硬地、顺从地、被征服地垂向泥泞的地面。荷曼慢慢将手放下，他面色严肃，伸手摸了摸沾满泥污、已经开始腐烂的尸体，现在他再也无法克制内心那股灼烧的炙热，这种炙热难以定义，因为其中与使人顺服的惊恐相比更多的是愤怒，它突然袭来，令人毫无防备……这重新燃起的、本能的同情充满了懊悔，同时夹杂着可怕的顽固和误入歧途之人的那种执拗，使人犯下自己毫不知情的罪。此景引发了荷曼身体上的疼痛，但痛苦很快被突然降临的、令人炫目的光芒带走，借着这光芒——仿佛心脏跳动了一下——荷曼通过眼前的景象一下子看透了他至今为止的生活；他感觉不到，也已无暇顾及在阴暗中不断延伸的、危险的深沟，他的眼中只有这无情的光芒，只有这耀眼的光线对一切软弱之举的审判。他克制住自己，掰开铁爪，取出动物，放入怀中，拿到尸坑去。狐狸带着沉闷的声响落在坑的深处，在回城的路上荷曼一直无法摆脱这种声音，他就像一个落入敌区的逃兵，在寂静无声的路上骑车回到家，锁上身后的院门和房门，打开厨房的电灯，然后若有所思地站在光秃秃的灯泡下面，沉浸在一片救赎的宁静中。这时他看到被浓重黑暗笼罩的森林仿佛一只夜晚在港口搁浅的船，他看到了树木之间若隐若现的影子，獾、狐狸、野猫和野狗正悄悄地匍匐前进，无声无息地奔跑着开始捕猎。第二天，他消除了所有的陷阱，填平了尸坑，在接下去的几周里荷曼白天睡觉，夜晚潜入森林，在将近十二月中旬飘落的雪花中他有时将一半身体伏在土坑里，有时会追踪一串新鲜的动物脚印，有时则匍匐在灌木丛和树篱之间，越来越仔细地观察有害动物的捕食路线。当真正的冬天开始，圣诞节到来的时候，荷曼明白了，当他放任自己被别人牵着鼻子走，当他相信要顺从上帝的旨意，将世界区分益害的时候，生活都是在蒙昧无知中度过，因为事实上益害的根源都是无法被原谅的残忍，残忍的深处则潜藏着巨大的光明；他很快就意识到，主宰人类世界的并不是易碎的和平，也不是“心灵原始的呼唤”，这些东西只是像一张透明的薄膜一样保护着下面蠢蠢欲动的、“充满罪恶的混乱”。心中燃起的同情将他推向受害者，这种同情使他抗拒用法律的专制来约束自我的忠诚，因为他认为在人类的判断之上应当存在一种更高等级的法规，他越过了边界，之后——他猜——自己永远都会是孤身一人了。他不知道该怎么做，直到一个清晨，他在布满积雪的公路上骑车回家，并有些骄傲地回想起不久前他亲眼目睹的一只獾的捕猎过程，不知不觉他“已成为它们中的一员”了。自始至终都无法消减的懊悔重新占据了上风，这时他知道了：要复仇。他清楚自己的状况无法与任何人分享，因为谁又能明白从一场噩梦直到醒悟（“我要主持正义。”）的思想历程，其实他也早已看透：一个猎场看守对有害动物产生的同情是无法被理解的。因此他就像继续直到现在的工作一样，在铁匠那里订购了比原先的大一半的天鹅颈踩夹子，然后按照详细的计划开始了行动。他将少量的生活必需品打包，背着两把曼利夏-舍瑙厄尔步枪，锁上房门和院门，深入密林，在瑞蒙德一个人类几乎无法靠近的地点用木头为自己搭建了冬季住所。荷曼与住在离森林大约两公里的克洛什河边的守坝人约定每周去他那儿购买食物，在荷曼让他发誓，关于自己的出现一个字也不能向他人提起之后，荷曼布设了“必要的安全措施”。他在公路通向森林的小道入口设置了名叫“Selbstschuss”的机关，这个机关由两把反向安装扳机的步枪组成，步枪置于小路两旁的灌木丛中，面对面地固定在及胸的高度，两个扳机用一根结实的无色鱼线系在一起，不知情的人想走进树林，就会触碰并拉动细绳，曼利夏步枪就会射击，受害者就会将自己杀死。这种Selbstschuss被匈牙利猎场看守们称作“自动射击装置”，原先用于大型野兽，主要是熊，当然荷曼需要这个机关完全不是出于此目的，就像他在每个通往森林的小路入口都设置了一个个巨大的、巧妙伪装的天鹅颈踩夹子也并不是为了捕猎一样，因为他害怕人们很快就会来抓他。他的小心谨慎暂且是多余的，因为当局一连几个月都没有发现城里发生的特殊事件和消失的退休猎场看守之间的联系，野生动物管理局尝试去荷曼家中找他，并最终把属于他的奖赏颁发给他的努力是徒劳的，荷曼“消失得无影无踪”，他们认为荷曼很可能去乡下的亲戚家过冬了。有关断腿的报告一开始非常分散，因此医院也没有通知相关人员，直到二月初警务机构才获悉这个已经到处都在议论的传言：某个疯子，也可能是由于自身年龄而无法意识到其所作所为严重性的几个小伙子每天晚上都在温和的市民家附近作恶。调查很快澄清：这一个或是几个罪犯使用规格统一的、极其危险的野生动物陷阱，用最阴险的计谋巧妙地将它们放置在没有任何疑心的、熟睡的市民家门口，进行极好的伪装，人们早晨走出家门的时候就会无法避免地踩上去。执法机关一开始表现出的、完全可以令人理解的束手无策很快就结束了，因为愈加频繁发生的事件已经在城里造成了恐慌，他们成立了特别调查组以便“尽早查清这件事”。调查组一开始尝试通过因严重骨折和擦伤而住进医院的受害者的身份来找出肇事者，但是他们在受伤的体操老师、税务官、花店老板、森林工程师、车夫、裁缝和几个学生，以及一个屠夫之间并没有发现任何关联，因此他们将注意力转向了陷阱。不论是野生动物管理委员会还是狩猎协会都不愿为这些罕见尺寸的陷阱承担责任，他们甚至有些紧张地推卸说管理局和罪犯之间任何联系都有可能存在。但无论他们的回答是什么，显而易见的是这些工具，可以这么说，是自制的，因此特别调查组开始关注所有可以制造这类物件的作坊和机器，但毫无收获。与此同时事件继续发生，人们见证了罪犯们（这时他们实际上已经怀疑是团伙作案）超常的机智，纵使有严格的夜间巡查，调查组也无法将他们抓获。将近二月底，当调查组几乎已在绝望地工作的时候，他们突然得到了两条重要消息：一是他们终于找到了那个人——一个在城市边界的农场里生活的铁匠——他承认制作了提到的陷阱，可是他却无法提供确切的答案，因为他和订购者并不熟，但他认为“这人肯定是个猎手”；二是一个人看到当地报纸刊登的告示后出现了，这个家住克洛什河边的守坝人在长时间的思考之后决定“他无法继续沉默下去了”……守坝人说几周前他就已经意识到了：这些事件的背后是已退休的猎场看守在作祟，那人住在瑞蒙德树林里，每周来找自己购买食物。有一次守坝人问他：“我不明白这些人犯了什么错，如果您必须袭击他们，为什么要用这些陷阱使自己看上去如此可笑呢？这样并不能真正伤害他们啊。”据守坝人称，猎场看守对此几乎默认了罪行，只是这样说道：“如果不算徒手的话，这是我唯一的方法。我没有其他的工具。”然后他再次让守坝人承诺守口如瓶，从那以后，如同守坝人多次强调的那样，猎场看守在他眼前消失了。在这之后找到野生动物管理处的退休人员名单已是轻而易举的事了，当人们发现荷曼从十二月底开始就已经消失时，突然全都对上了，一切都清楚了。荷曼的住所自然被查封了，当人们确认登记在其名下的两把曼利夏步枪缺失之后，他们加强了特别调查组的警力，并动用大量人员占领了瑞蒙德森林。此时荷曼已许多天没有离开他那一半深入地下的、进行了完美伪装的冬季住所了，他饮食严苛，每天只吃一顿饭，因为自从守坝人意识到他就是“设陷阱之人”，荷曼已不再信任他，而剩下的食物总共只够吃一周。为了不使自己冻僵，荷曼穿上了所有的衣服，套上了厚实的棉大衣，还在身上披了两床毛毯；风将他的面颊吹得皲裂，他的胡子变长，整个人在过去的两个月里几乎完全变了样：他张着嘴呼吸，一动不动地蜷缩着坐在用麻袋和各种碎布做成的地铺上，当他偶尔离开巢穴，并在夜间潜入城市时，荷曼悄无声息地眨着不停转动的眼睛前行，一旦遇到稍显可疑的响动，他就能用与其年龄并不匹配的敏捷遁入恰巧出现的藏身之处。在过去的三天里他却没有出动，不是出于谨慎，而是因为他觉得是时候冷静地思考过去几周发生的事了。他之所以认为有必要这样做，是因为在过去的一段时间里，尤其在最后一次陷阱设立之后……仿佛内心有东西破裂了，就像……那股一直支撑着他的正义的力量突然离开了一样，在得知许多孩子也已落入陷阱后，他心生疑虑，也许自己“做错了”……直到现在，他一直受着一个信念的驱使，即他是“对人们的误导进行复仇的那个人”，他被迫用自己的双手来毁灭，就像一个“在黑暗中挥舞双臂的瞎子”，虽然现在——在陷入思考的第三天——他已不能再回避：他必须承认或许自己错了，他并没有恢复“缺失的秩序”，也许正是他自己从内部开启了彻底的混乱，就像一群小蠹虫。荷曼的双肩开始尖锐地疼痛，他身处的黑暗也突然变得可怕，他感到自己已无法控制那无可救药地来回追逐的念头，虽然此时他正需要这样做：重新在四处逃窜的混乱词语中建立秩序，制止这危险的崩溃，并遏制心中生出的软弱。他用洞察自己内心灵魂的眼睛直愣愣地看着前方，一动不动地蜷曲在这致命的精神落差之中，他已经放弃与撕裂一切的力量作冷静的斗争，他就像一个在陡坡上踉踉跄跄前行的人，已无法慎重地考量自己的处境，只能用脚减速，因为任何奔跑都抵不过在斜坡上下滑那飞快的速度。荷曼已经不需要回答了，因为问题本身一下子就将他的无法动摇击得粉碎，他尝试辩解是无用的，原先潜伏在内心里的认知，即他犯了罪，这罪“也许就连上帝都不会原谅”在此刻变得明了，变得毫无争议，就像一个迟来的判决。荷曼已不再关注压在自己肩膀上的、越来越令人无法承受的重量，因为他感到此时在懊悔惊人的重压之下，他抵达了光芒闪耀、无边无际的自由领域，在那里一切都看得透彻，也能够清楚地听到“心灵真正的呼唤”……荷曼在轻微的恍惚中闭上了双眼，他看见自己走在平整的森林小道上，再一次在平静的落雪中走遍那些原有的狩猎小路，身处这一片令人解脱的广阔之中他立刻感受到了深深的喜悦，因为突然之间他用全新的、有罪之人的眼光观察万物，并从中发现了宽容的迹象，他认识到周围的一切都拥有完全相同的重量……当扩音喇叭里传出的尖锐声音突然在附近响起时，荷曼并没有感到意外，他甚至就像一个完全清楚这些词语的真实含义（“抵抗……是毫无用处的……抵抗……”）的人一样，点了点头，并站了起来，由于荷曼并不知道追捕队的一个特别小组已经拆除了Selbstschuss和在进入森林的小路上设置的陷阱，为了尽快提醒进行抓捕的人们注意潜藏在身边的危险，他立刻掀开了伪装完好的窝棚门脸，荷曼不仅要自首，还要立即提醒人们关注“普遍怜悯的必要性”，而且

“与之相关的通告最好立即在电波里宣读”。裹在毯子里的、形状可怕的巨大身影突然从地下升起，荷曼感到难以自持，眼看就要彻底崩溃，因为压在背上的重量而左右摇晃，突然出现在人们面前，这个以半圆形队形向前推进的小分队——出于意外——立即开始射击。但是荷曼就像一只无法被打倒的野兽，很长时间都没有倒在雪地上，直到全副武装的人们意识到他那已经被打成筛子的身体只是被雨点般下落的子弹架在空气中。

（康一人 译）

手艺的终结

（第二稿）

反三岛由纪夫

如果玛丽埃塔不曾获知她母亲即将去世的消息（这并不会令人感到意外，因为自从她离开家，加入到我们中间后，那位老妇人就自然与她断绝了所有联系），如果她不曾发来消息，请求我们陪她去那座被遗忘的小城，也许我们永远都不可能听说“荷曼”——这个在他的同类中稍显可怕的家伙——的故事，然而我们至今仍无法确定他是否真的存在过，抑或他的原型只是一个低级的、伴随着呜咽的恐惧的化身，也许这个在那时让我们每个人都为之狂热的故事本身也永远都会是个谜。那是个冬天，充斥着令人窒息的乏味，因此我们一行人——我的三位军官战友、茹饶娜、贝尔塔和露西——无法拒绝兴奋、甜美的玛丽埃塔，那时大家刚刚经历了一场精疲力竭、勉勉强强、无法令人满足的失败的狂欢，由于在我们当中的几个人失去知觉的情况下也并未出现真正的危机和确切的风险，于是我们充满期待地上路了，因为我们看到了切实的希望，我们可以感受到从一个已丧失掉个性的垂死之人即将闭上的眼睛里投射出的即将超越一切界限的光辉。从里到外都肮脏不堪的列车在清晨时分就出发了，摆在我们面前的两百多公里——因为火车令人紧张的缓慢速度——是那样的漫长，简直叫人无法忍受，在厌倦了窗外不时随车晃动的辽阔大平原——平地、雪、树木和农场——以及它们背后在静谧的田园风光掩饰下的、无可置疑的丑恶之后，我们不出意料地很快坠入了梦乡，只有贝尔塔和鲁道夫将自己关在走道尽头的卫生间里待了一会儿，而他俩的口爱之欢则吓跑了为来查票而打开门的、一脸惊愕的乘务员。我们抵达小城火车站时已衣衫不整、疲惫不堪。我们踏着晶莹发亮、微微作响的积雪朝主广场边的旅馆走去，劳顿的旅途唯独没有在玛丽埃塔身上显露出痕迹，这也许是因为她在下火车之前吞下的几块加了少许春药的点心，感觉恢复了与生俱来的敏感；也可能是因为，她正为即将见到和摸到那张床而感到异常的激动——那张床是她内心深处带有象征性的诱惑力的源泉和具象，她在这张床上出生，而她的母亲现在将会死在这张床上。虽然旅馆接待员被迫承认有一些空房，他也没有看我们不顺眼，况且我们还捕捉到了他投向女伴们那躁动而渴求的目光，但他仍旧表现出了令人难以理解的抗拒，看来他不惜一切代价试图说服我们不要在城里住下。因此当我们入住楼上的客房时，时间早就过了中午，玛丽埃塔眨着闪闪发亮的眼睛，要求大家立即出发去看望将死之人，但我们让她冷静下来，最后成功地说服她，在通宵熬夜和疲惫的旅途之后她愈加需要几个小时的休息，我们也一样。应我们事先的要求，接待员晚上七点敲响了登记在奥利弗名下的房门，并朝里面张望，但他看到贝尔塔和露西正在床上互相拥抱着香甜地睡觉，于是困惑地逃开了，可是几分钟之后他又重新返回，在另一个房间里对着鲁道夫的耳朵悄声说："经理先生想跟军官先生们说件重要的事。"然而这件事似乎仍旧不够重要，因为我们在餐厅吃晚饭的过程中没有任何人前来打扰，当我们踏出旅馆大门，走入寒风的时候，接待员也没有费力制止，他只是将双肘支在吧台上，紧张地咬着指甲，并在我们身后大喊，让我们当心，因为城市的公共照明并不完善……事实的确如此，我们在外面差点摔倒在地，在平坦的人行道上走到玛丽埃塔父母家不到十分钟的路程大家整整走了半个多小时。我们紧张地迈进大门，却被刺鼻的汗味堵在了房间门口，我们也无法再往里走，因为当老妇人发现玛丽埃塔之后，她就挤出最后的力气，抓住护工的手臂，用沙哑的嗓音恳求护工："将这些怪物全部从这里赶出去！"老人厌恶地尖叫着："除了她！"于是我们慢慢地退出汗味弥漫的区域，在门口等待玛丽埃塔，我们知道，她不摸到那张床上老旧的木板，不用她柔软的手掌触碰到“汇聚她的出生和即将到来的解脱的纹路”是不会罢休的。在玛丽埃塔出来之前，我们严肃且疑惑地面面相觑，因为我们无法确定是否可以打搅这转瞬即逝的场景，我们感到自己缺少实现这场景真正完整的能力，即亵渎神灵的大胆冲动和罪恶那令人兴奋的味道。即使在看到正惊恐地向光明告别的老妇人之前，我们也已确信，这个场景——一切取决于我们——为禁锢的想象力兑现直到现在都无法实现的诺言提供了机遇，我们性倒错的尝试正是以达到这种不可能为目标，即完全释放想象力，用古斯塔夫的话来说，在那可怕的空虚之中，我们很难不去这样做，因为它向我们承诺，或许这样我们就可以成功地抵达那无边无际广袤的自由之中，从那里——即便是在消亡前的最后一刻——便可感知我们存在本身的可怕的美丽。但从房子里走出的玛丽埃塔突然变得很平静，她轻轻地摆了摆手，毫无疑问我们不会再回到灵堂，因为她已永远离开了，于是我们垂头丧气地回到了旅馆，有些不知所措地坐在营业到凌晨的酒吧里的一张肮脏的桌子旁边。我们才安静地坐了不到十分钟，夜间服务生就摆着一个受过训练的农民那令人作呕的优雅姿态走到奥利弗的身边，低声说旅馆经理要求跟我们坐在一起。奥利弗还没来得及拒绝，一个身材矮小、留着小胡子的人就搬着一把凳子过来了，坐在了奥利弗和茹饶娜中间。

军官先生们（他谦卑地说），请原谅我斗胆，同时我尤其向女士们表示歉意（这时他郑重地朝贝尔塔和露西点了点头），但我相信，如果我能让各位听我把话讲完，大家是不会为难我的……谈论这件事情，使我备受煎熬，因为我知道，经理的职责首先就是向客人确保完全的安宁和在旅馆里度过的时间不受打扰，但是如果我对这前所未有的状况仍旧保持沉默，那将是严重的、令人无法原谅的罪行，我们这座安静的、并不喧闹的，但令人愉悦的小城对于想要在这里玩乐的客人们来说并不是完全没有危险……（他用攥在手掌里的手帕擦了擦干燥的额头，说到这里，他只有半边屁股坐在椅子上，就像一个非常清楚自己的出现是多么不受欢迎的人。）已经连续好几个星期了（经理还在用手帕擦拭干燥的额头），本市声誉良好的市民们……在家门口发现了……各种……动物的……尸体……主要是牡鹿、梅花鹿和山鸡……也许我说得太简略了，抱歉……如果我有些走神的话……所以，就是……我们怀疑是一个挣脱枷锁的精神病人每天晚上肆意作恶，用落入陷阱的野兽和鸟类的可怕尸体惊吓无辜的居民。抓捕——他，很可惜，具有超常的机敏——直到现在都没有成功，而且（经理疲惫地叹了口气）大家可以相信我这个志愿者，我们采取了一切办法……即使已经知道这些事件背后是谁在捣鬼，我们仍旧无法取得进展……是一个……已经退休的猎场看守……名叫荷曼……关于他，我能向各位保证，谁都没有想到在半年前的某一天……他突然……发疯了，并做出这样可怕的事情……军官先生们现在会问我，这有什么可怕的？关键是这有什么危险？唉（经理再次叹了口气，清了清嗓子，开始不安地拽自己的胡子），我们担心荷曼……这个倒霉鬼……不会就此罢休，我们每一个人都相信这只是开始，他在筹划令人意想不到的事情！因为……这些房门前的尸体……只是信号、警告……但是他在酝酿些什么……我们无法确切知晓……当然（经理疲倦地摆了摆手）您现在正期待我来解释是什么使荷曼……与我们为敌。因为毫无疑问，要说的正是这一点……但我无法回答，因为我们自己也只是猜测……谁都无法确定。无论如何（现在他几乎无法令人察觉地挺直了背），这之后各位应该明白，虽然我没有为我的旅馆说话，但是我还是建议军官先生们最好明天一早就启程回家，因为坦白地说，我无法对各位负任何责任。现在，请原谅……

如果我说经理的出现和一番话——他尽力采用讲究的表达方式，但可以看出他宁愿大吼大叫，除了由此产生的尴尬之外——引起了我们丝毫的注意，那就是与事实不符，因为乍一听上去，经理混乱的故事是显而易见的荒唐和极其的可笑；奥利弗嘲讽般地感谢了这“详尽的说明”，对此经理仿佛为了印证而提出我们可以去看看堆在厨房旁边屋子里的、直到现在为止收集的尸体，用经理的话说，它们在那里“被冰冻着，等待着结局，因为官方机构既不允许加工，也不允许将它们清理”，我们带着些许好奇跟随这个灵活的小个子，然后惊讶地在房间敞开的、厚重的大门前停住了。地板被数量极其庞大的、层叠的牡鹿、梅花鹿，还有天知道是什么东西的尸体堆满了，全部撒上了冰。“怎样？”经理在我们身后尖声说道，“怎样？现在相信我了吧？！”在玛丽埃塔的事和整个旅行目标未达成的悲哀失败之后，这个愚蠢的插曲除了能使我们稍稍振作之外，并无其他作用；我们点了一些饮料，将自己锁在一个房间里，在狂野的性爱之后（这一次鞭子在古斯塔夫手里）一些人睡着了。早晨在玛丽埃塔的建议之下，我们用房间电话打给接待员，让他上楼，详细地跟我们说说城市的大致状况，主要讲讲他自己对设陷阱之人的特殊行为有何看法。他非常尴尬，迅速地关上了身后的门，据他所知经理先生昨晚已将所有的一切都告诉我们了，他也以此拒绝了我们的请求，对此他作为一名普通的雇员没有什么可以补充。鲁道夫不顾他的推辞仍旧下令，接待员只好妥协，他搓着手承认："四处散布的消息是真的，但不幸为何会突然降临，那只有天知道了……""即便如此，"玛丽埃塔鼓励他说道，"您还是尽管讲，不会出任何事。"听到这话，接待员——眼睛盯着地面，因为他不敢看还没有穿衣服的玛丽埃塔，她那光彩照人的身体和令人炫目的内衣几乎把接待员的话堵在喉咙里——开始结结巴巴地叙述，他说话本就不太流畅，而且仿佛房间里只有玛丽埃塔一样，他的话只对她一个人说。

我们，很抱歉，是普通人，完全不能理解这一切。但是我害怕。所有人都害怕。（"真的吗?”玛丽埃塔鼓励他说，然后皱起了雪白的额头。）他们说荷曼是个暴徒，不管他们这样说、那样说也好，不管他们说荷曼是发疯了也罢，阁下您都别信这些话。荷曼知道自己在做什么。他不喜欢这一切。（“这一切?”玛丽埃塔听后炯炯有神的眼睛一亮，笑了起来。）这里的一切。因为，阁下，在这里可以为所欲为。在当今的世界里。（“是吗?”玛丽埃塔鼓励他说，她抬起右腿，十指慵懒地在上面交叉，然后将下巴靠在膝盖上。）在这里，阁下……任何事情都不再神圣。不论是上帝，还是法律。人们挥霍、浪费，您完全无法想象在这里发生的事。所有人，请原谅，都像兔子一样交配。我是常去教堂的人，我无法用其他的词语来形容。（“交配?”玛丽埃塔抬了抬她那美丽的眉毛。）是啊。如果阁下能够设想，在一扇扇紧闭的房门后面都发生了什么的话。牧师先生说，这是所多玛和蛾摩拉。唉，他说得对。（“这个荷曼，”鲁道夫插话道，“他是谁？”）荷曼？据说，就是那个设陷阱的人。他原先只捕捉有害动物（“有害动物？那是什么？”露西暗自笑着问。）那是他在城市森林里的工作。而现在他就连有益动物也开始捉了，还放在人们的家门口。在晚上。为了警告大家。因为这是对罪恶的反抗，阁下。比起用武器威胁，人们更害怕他的陷阱。因为接下来，荷曼也会将他们抓住，就像野狗一样。我能说的只有这些。我可以走了吗，阁下？（“但是您自己怎么看？”玛丽埃塔阻止他说。）我？我没有看法。普通人最好少说多听。虽然他们说荷曼已经疯了，什么有害，什么无害，在他坏掉的脑子里已经混淆。但其实他都知道，很清楚地知道，阁下。牧师先生也这样说。（“您看见过他吗？”玛丽埃塔面露狐媚的微笑，将椅子挪得离接待员更近了。）见过谁？设陷阱的人？并没有。但人们说，他身强体壮。而且

很狡猾，像狐狸一样。人们骗不过他。我能说的只有这些了。现在我可以走了吗，阁下？

“真是个虚情假意的愚蠢农民！”当接待员浑身颤抖着悄声走出门时，鲁道夫在他身后喊道。但鲁道夫也不否认，这个故事正合他的口味，因此我们商定一起等待，直到我们了解到更确切的消息为止。这一天——在丰盛的早餐之后——直到晚上我们都在这个小城市的公共浴场里度过，虽然一开始我们的请求被拒绝了，但由于看到贝尔塔、茹饶娜，以及后来加入她们的古斯塔夫赤裸着身体在水池中即兴表演自娱自乐的“水上芭蕾”，出任工作人员的老太婆们尖叫着将目不转睛的肥胖退休老人们请了出去，在支付了可观的报酬之后，她们让我们独自待了一个小时。很快奥利弗和露西也加入了这场越来越令人享受的仪式，只有我们在泳池旁铺设的树皮垫上，在逐渐增强的眩晕中相互窥看，还有几个路过的、目瞪口呆的人不悦地趴在入口处的玻璃门上张望，仿佛被懦弱的渴望圈禁的不幸囚徒。夜晚平静地度过了，只有奥利弗制造了一些麻烦，他或许服药过量，开始呕吐，但在两点钟左右他也感觉好些了，并和玛丽埃塔一起去睡觉了。我们已在城里待了三天，如果顶着黑眼圈的旅馆经理没有在早餐时突然闯入，或许我们会将“荷曼”和他那不太真实的故事完全忘记；经理跑到我们桌子跟前，卸下了原先的和蔼可亲，上气不接下气地说：“开始了！”他没有做任何进一步的解释就离我们而去，仿佛已无法抑制自己的激动。几分钟之后他又重新出现，用冷静一些的声音宣布“荷曼”行动了：邮政局长的大女儿、一个屠夫和一个中学体操老师因为严重的脚伤在今天被送往医院，当他们早晨去上班的时候，在房门和院门之间的小路上触到了一个经过伪装的、巨大的踩夹子。“开始了！”经理最后说道，他带着狂热的眼神，捋着自己的小胡子彻底离开了。从那天起我们以每天一升雷司令的代价，从酒店接待员早晨的电话里获知事件进展，并愈加关注“荷曼”越来越可怕的行径，每天晚上他都能成功地在院子、道路、学校、公共建筑和公园的入口设置新的陷阱。他大多使用大尺寸的蝶形夹和名为“柏林天鹅颈”的踩夹子，从接待员的汇报来看，专门为此成立的夜间特别调查组用尽一切办法也无法将他抓个现行，因为“荷曼”异常狡猾，行动几乎隐形，从事件一开始就没有人见过他的影子，他的形象已渐渐被超自然的迷雾笼罩。“荷曼”存在的推测自始至终无法被证实，据说除了他在城里的所作所为之外，在我们来到这里的第四天人们终于在城市森林的深处发现了几个陷阱，很明显荷曼之所以没有将它们隐藏，是因为他并不需要它们。其中几个捕兽笼邪恶而精巧的设计令市民们震惊。整个陷阱由一个简单的木箱子组成；“荷曼”在箱子里横向放置了一块活动的木板，木板固定在转轴上，就像孩子们喜爱的跷跷板一样运作，区别是如果有害动物为了获得在木板末端放置的诱饵而跑上去，它就会随之倾斜，在位于前方入口处的一个弹起的卡子的帮助下动物用自己的重量彻底将逃跑之路封死。几个翻身套索也至少引起了同样的恐慌，就像酒店接待员解释的那样，它由一个简单的绳结组成，在地上筑巢并触到绳结的鸟儿想要挣脱，却也因此被擒。人们认为这些陷阱体现了精致的残忍，不过对于我们这些并不了解陷阱艺术的人来说显而易见的是“荷曼”肯定迷恋这项手艺，并遵循古老的传统制作陷阱机关。由于这类事件持续发生，恐惧，可以说，在接下去的一段时间里不断增长，我们也开始紧张地等待接待员的消息，这并不是因为日渐增长的恐慌已在我们中间蔓延，而是因为在第五天或是第六天，我们当中的某个人突然开始怀疑“荷曼”与我们之间存在某种联系。我们在分析传来的消息中度过了数日（有时多亏酒店经理，他很可能是对抗“荷曼”的斗争中的领导者之一，我们甚至亲手摸到了几个蝶形夹），我们突然明白，当我们几个人，或者用古斯塔夫最喜欢的话说：我们的小分队像一群不断前行的怪兽，在这个正小心谨慎地挣脱被善良约束的世界里扮演先行者的角色，而“荷曼”则是一股抑制的力量，为阻止着魔。我们的技能——在令人悲伤的试验之后我们明白自己只是思想愚蠢的受害者，并不是开拓的英雄——建立在实现性欲倒错，毫无节制地追求享乐以及不断复原在本能的想象中迷失的伊甸园的基础之上，是在罪恶中找寻避难所，与此同时高傲则唤醒了“荷曼”那些刻意简单的装置，这种高傲深信软弱无法被击败。我们明白了当我们（古斯塔夫再一次找到了恰当的词语）：残酷地对待事物的时候，为了其完美而破坏了其易碎的完整，而“荷曼”则受到古老习惯的驱使，将伤害放大。在这之后就可以理解我们为何会接受酒店经理的提议，他有一天告诉我们，为了抓捕设陷阱的人，城里成立了许多所谓的“社会自卫队”，他认为既然我们已经清楚事态令人无法容忍，我们也可以加入搜捕。于是那天晚上，我们四个人手中拿着上了膛的军用左轮手枪，也开始在街上巡逻，虽然我们心中缺少市民脸上的狂热仇恨，我们还是好奇地左顾右盼，郑重其事地朝到处移动的可疑阴影开枪。这样做毫无用处：我们和愤怒的居民都没能遇到这个神秘的设陷阱之人，在那之后的几天里他中止了行动，看来面对绝对的人数优势，他意识到了自己的无能为力，然后逃走了。不过事情仍旧没有如此发展，虽然由它引起的恐慌像自然灾难一样结束了：在市民的反抗达到目的之前“荷曼”用一个特殊的举动自行决定他的行动终止了。一天清晨天主教大教堂里失聪的教堂司事向主祭台走去，给瓶里的花换水，他突然停了下来，因为在耶稣像前面几步远的地方一个可怕的东西正躺在红色的地毯上。是“荷曼”的天鹅颈踩夹子，很可能，是最后一个。整座城市因此明白：考验结束了，人们直到晚上都没有移动这个装置，以便因为这个景象而大批前来的任何一位市民都不会错过这个庄严的时刻，同时不言而喻的是：一次尝试、一种职业、一项古老的手艺永远消亡了。没人知道陷阱是“荷曼”为走近祭台的人，还是为几乎不太可能从十字架上走下来的耶稣准备的，这个令人困扰的问题已经无法得到解答，因为恐惧，这种制衡英勇抵抗的那种永远作痛的、缺失的力量很可能已在那天清晨离开城市，彻底消失了。当地人显然已经摆脱了关于此事的记忆，只有我们仍保存着这次冒险的奇幻滋味，除了兴奋、甜美的玛丽埃塔，她在那之后成了一次意外事故的受害者。

（康一人 译）

茹兹的陷阱

A→B

当最后一辆我每天清晨都要在六点五十二分准时赶到溪水桥汽车站搭乘的早班长途汽车于早上七点准时将我们带到郊区小火车站（原名“Jedem das seine！[1]”）的狭长站台上时，这股由我们汇聚而成、蓄势已久的客

①Jedem das seine是拉丁语名言Suum cuique的德语翻译，意为“各得其所”。二战期间，曾作为口号出现在布痕瓦尔德纳粹集中营的铸铁大门上。其他集中营多以Arbeit macht fre;（劳动使人自由）做口号。

流——稍显滞涩，但从深处喷涌而出的——汹涌泻到那块夹在售票室、书报亭和静候已久的列车之间的三角地带。趁着列车启动前剩下的最后一分半钟，大家根据各自的兴趣有的抽烟，有的去买报纸，有的——像那几个缺少经验的新手——焦急地在车厢里为自己抢占座位，这一切对我来说都察觉不出有任何的异常。这一天也跟平日一样在并不宁静的协调的平和中开始，而这种平和是每个人都听命于自我意识最深层的明确指令，要知道安全是服从纪律的硕果，就如需要与奖赏，是一种赢得的、被授予的宽容的脆弱状态。我们家最新的骄傲是能够精确调设到分钟的闹钟铃声，它会准时在清晨六点二十八分将我们从梦里唤醒，起床后，先是在厕所的温暖里享受片刻迟钝的放松，然后磕磕绊绊地摸索到盥洗池前，接下来是自来水提醒式的清凉，最后我一溜儿小跑地赶到溪水桥头，胳肢窝下夹着公文包，里面装着妻子在黎明时为我精心而迅速备好的早点——今天它也作为温暖、仁慈的天使关爱的无数见证为我在因早起而导致的苦涩的混乱指明了方向，用一个不可动摇的目标为我的手忙脚乱注入了冷静的决意，当我将自己塞进那辆准时进站的长途车后，刚才那些愚蠢的抵触情绪都已荡然无存，之后到达郊区小火车站台，怀着愉悦的情绪站在同行的旅客们中间开始耐心等待列车会在七点零二分准时发车，就在列车长吹响了哨子、我正要抬腿登车前的刹那，我猛地回头瞥了一眼；无论当时还是事后，我都难以为此做出解释，到底是什么原因迫使我回头？较为准确地讲，这个动作或许只是出于不由自主或纯属偶然，假如这里不包含任何可笑的、脱口而出的借口，或当一个由于自身的愚蠢而导致了严重事故的人在受到盘查时出于愤怒、胆怯和无奈所萌生的推脱责任的愿望。那个人站在离书报亭仅有两三步远的地方，背对着车站的墙壁，正用一种含蓄、失神的目光盯着我们这群为了抢一个好座位，或仅仅为了能挤上列车并为这三刻钟的路程找一个落脚之地而相互推搡、各不相让的人。也许我以前遇到过跟他相像的家伙——破旧的风衣，梳向脑后的头发，穿烂了的旧鞋——但是不管怎么样，在此之前我每次都能够保持住自己的趣味而不受他们的影响，甚至能唤醒我的警惕，使我有可能重新掌握自己尽管少得可怜，但也多少能有一点的中枢系统理智的自控能力；然而现在我无法将视线从他身上移开，我的腿无法移动，车厢门在我的眼前猛地撞上，列车以疯狂的速度驶出了站台，很快消失在通向首都方向的铁轨蜿蜒、神秘的迷宫里。这时候我没有找到，我也没有寻找任何的解释，到底是什么让我震惊于那副危险的目光（闲散的柔顺？严厉的警告？归属感的可怕匮乏？），几乎在同时，我被一阵惶恐吞噬，因为我清楚地知道错过七点零二分列车会导致的严重恶果：下一班列车将在七点三十二分发出，那意味着，我赶到单位至少要迟到半个小时！怀着越来越大的怨恼我再次瞅了那个人一眼，随后我转过脸，真想把这该死的家伙咒入地狱！过了一会儿，我开始茫然无措地在变得空旷的站台上来回踱步，怀着逐渐升级的不安在心里暗想：等一会儿，我该怎么回答领导那习惯性的责问（“喏?”）。时间以折磨人的缓慢一分一秒地在我眼前爬行——结果自然而然——我感到越来越大的压力，终于，我乘上了七点半出发的那班列车，随着火车缓缓离站，担心迟到的恐惧不仅使我忘掉了那个家伙（事实上那个人早就从我的视野里消失了），我连一句能够为自己开脱的愚蠢谎话都编不出来。然而命运对我格外宽容，当我终于未被察觉地坐到办公室内我的座位上时，一位同事安慰我说，除了他，谁都没有注意到我的迟到，于是，我感到自己有责任加倍卖力地工作：我以超过预期的速度处理完一份又一份的材料，并且一趟又一趟跑到领导办公室去领取新的任务，由于他被一个会议耽搁，到公司的时间比我还晚，因此他没有猜到我上班迟到，只是对我反常的勤奋感到不解。在下午五点之前，我成功地弥补了自己早上的过失，当我们的领导投来满意的一瞥放我们下班时，我宽慰地感到：在这个无数问题和烦恼组成的世界里，其实没有任何东西能对自己得来不易的职位造成任何威胁；回程的列车在傍晚六点零七分准时进站，车顶的“辫子”正在脱线，这时候我脊背窜凉地又看到早晨的那个家伙，他站在书报亭前，正用跟早上一样充满激情的目光注视着我们一个接一个地下车，井然有序地散开，饶有兴味地品咂这种有条不紊的高雅，要知道，我们为这种高雅付出了很多，如今我们已经无须监督、无须鞭策、无须大喊、无须训教地——每天以同样的努力——从“相信反抗已毫无意义”的信念中汲取力量。尽管早晨的震惊并未在我身上重新发作，但是现在一股令人难以克制的好奇心再次使我无法自控，因此我决定跟踪他，探出一个究竟，即便再冒一次将自已好不容易才得以恢复的内心宁静打破的风险。真的出于好奇心吗？更确切地说，我兴奋得就像一条警犬（我匆匆走过书报亭，然后沿着站台向前走），终于找到能够凭它进行追踪的气味。我在车站建筑物尽头的厕所门边坐了下来，我不得不承认，我实在过度兴奋，焦灼的怨气搞得我肠胃痉挛，我在第一眼看到那个人时就已经清楚地感觉到：从他的骨子里辐射出的那种高傲，是对一切如出一辙、完美无缺的思维的讥讽，是对所有那些高层意志的轻蔑践踏，似乎唯有这种高傲才能在这个毫无生气的世界上重新拨亮这堆行将熄灭的烬火。六点三十二分，就在下一列客车准时进站的时候，男人突然离开了他一直靠着的书报亭的橱窗护栏，点燃一支烟，从站台的深处朝铁轨边缘走去，似乎他是在等什么人；但是——我立即猜到——他根本没有等人，就在所有回家的旅客将要下车之前，他忽然转身背向人群，迈着悠闲、懒散的步子沿着站台走开了，他从我跟前走过，下到那个唯一通向城里的地下过道，很快重又冒出地面，顺着主街，经过邮局，径直往前走。我自然不假思索地跟着他朝城里方向走，与他保持了二三十步的距离，尽管我知道自己现在只是盲目地跟踪，但我还是以最快的速度竭力从——相当匮乏的——记忆里搜集出一切可能有助于这次行动的经验，丝毫没有考虑任何难以预测的危险；因此，积聚了一天的紧张骤然升级，最终把我推进一个接一个全新的境地：当我以为，他现在会进到溪水边的哪家葡萄酒馆，我便兴奋地断定“他是一个不折不扣的酒鬼”，然而他却在小酒馆对面烤鱼店的售货窗口前停了下来，喝了一杯冷饮；当我们走到一家诊所门口时，又一个念头突然袭来，他肯定得了某种不治之症，现在他要去看医生，因为他清楚地知道不久前刚刚做出的、无可置疑的诊断结果，但是这个猜测也落了空，他这时候突然转身下到溪水旁，心情愉悦地撩着爽冽的溪水洗了一把脸，就像一位朝气勃勃的体育老师。我意识到，我没必要用这些无端的揣测浪费自己宝贵的时间，所以我决定，趁着我的好奇心还没有泯灭继续跟踪他，期待他无意中暴露自己真实身份的那一时刻到来。我的这个决定被证明是正确的，因为确实难以明确地判断：他是否只是漫无目标地闲逛？当然对于这类怪人来说，即使真是这样也没有什么稀奇；更不要说他的举止实在令人费解，像这样貌似全方位的跟踪，很少会取得什么真正的成效，似乎舍本逐末地模糊了实质，然而对我来说——既然我已经让自己以这种危险的方式放弃了自己待在家中的平静安逸——恰恰因此，我必须对这种充满威胁的温和，对这种令人恼火的莽撞找到一个合理的解释。当然（想来在这个我们苦心营造的世界里，许多事情恰恰出于我们的预料而可笑地发生）他并没有在溪水边耽搁太久。当我们穿过旧集市广场时，那家伙突然停了下来，像是出于某种担心，然后又小心翼翼地继续往前走，脚步时而匆促，时而缓慢，径直走向一条通向中央广场的狭窄小街。我不能断定他是否发现了我，还是突然想起了什么事情，在这种情况下我出于保险起见立即拉开了跟踪的距离，当然不管怎么样，我都不能让他走出我的视野。过了一会儿，我们来到一栋早就应该拆掉的两层楼前，他蹑手蹑脚地闪身钻进门洞，我先从这座楼前走过了十几步，而后我也蹑手蹑脚地跟了进去。门洞通向一个封闭的庭院，那人正顺着楼上生锈、肮脏的悬廊围栏快步行走，隐在浓稠的黑暗中，不知从哪里泛出一股可怕的臭味，我花了很大的气力才强忍着没有转身逃走。月亮恰好滑进那片被庭院切割出的漆黑夜空，借着温柔的月光我最终还是很快地发现了那个神色异样、姿势古怪的家伙，他正一手抓着走廊的栏杆，身子半蹲半倚地朝一扇亮着灯光的窗户里窥视。尽管我谨慎地提醒自己不要错误的判断，但是这个人鬼祟的姿势——我想——很难让人做出误解。虽然既感到意外，又很失望，我偷偷做出了许多猜测，但是没有料到这样简单乏味的结局；不管他这令人厌恶的怯懦、猥琐的努力、令人反感的毫无意义的渴望究竟是因为他的情人、父母、孩子，还是他的朋友，对我来说都不重要，在他刚才那一系列潇洒、自由的举止中，确实有着某种值得人期待、了解的果断和决然，所以人们有权希望看到某种戏剧性的结局，哪怕只是一匹被拴在屠案前的马。那家伙突然缩回了身子，避开了从窗内投出的光亮，过了几秒钟后，他神色鬼祟地朝四周张望了一下，又开始透过玻璃朝屋内窥望。我扭过脸，与失望相比，我感到更多的是一种令人惬意的如释重负，因为我已经知道，或许现在我终于为自己获取到能够受用一生的、用来抵御各种欲望的卫护，另外我还弄清了，这些不幸的欲望来自什么：对自身的状况缺乏准确的了解，而这种代代相传的无知不可救药地潜伏在我们体内。或许出于习惯，或仅仅出于纯粹的无所事事，我继续在街上站了一会儿，直到那人终于尾随一个体格魁梧、头戴兔毛礼帽的老人从门洞里出来，朝中央广场走去，我也跟着挪动脚步，因为我瞧了一眼腕上的手表，只有十八点五十一分，我想，即使我再跟踪他一段路，也不会有多大损失。冰冷的寒风吹透了整座城市，街上只偶尔能见一两个行色匆忙的路人；我揣着同样稍感如释重负的轻松感跟着那个男人走进了一家自助餐馆，我重又感到一种年轻时曾经有过、现在已经久违了的感觉，随时准备卷入某种可能的冒险，因为出于某种淘气、令人追悔的兴奋刺激，人们总是渴望偷食禁果，我决定：既然已经来到这里，索性吃点什么。大堂里空空荡荡，回声很重，除了我和那个男人之外，刚才看到的那个头戴兔毛礼帽的老人也在里面，老人弓腰坐在一张离我较远的餐桌旁，看上去与其说是在享用一顿寒酸的晚餐，还不如说在受罪。我看到一位已经老得没牙了的丑妇为那个男人打好饭，然后从厨房的递餐口探出身子，跟他寒暄了两句。后来，我趁她坐到桌边歇息的空档，小声问她："您认识他吗？""当然！"妇人将脸转向我说，"他叫科沃勒斯基……最好还是叫他科沃勒契克。"我一勺一勺从容地吃完盘子里的晚餐，从心里洋溢出一种满足的欢悦，因为我想到我的小家庭，我几乎看到了他们，他们等会儿会围坐在桌子旁，互相开一个个小小的玩笑，想来人不可能没有欢乐地活着。我也绘声绘色地向他们讲述自己非同寻常的冒险。当然我没有必要隐瞒什么，可是许多事情我直到今天仍糊涂不清：比方说，我很难简单明了地讲述这个到处游窜的家伙，他们听了会怎么想？就像轴承机油里的沙子。对于这个问题——尽管现在这样的小事的确已经没有了什么特殊的意义——我难以做出回答，这个科沃勒斯基或……科沃勒契克现在到底在看什么……

B→C

日子又慢慢地过去了一周，在这个美丽、寒冷、神秘的秋日——我又搭乘长途汽车来到这个郊区小火车的车站，因为这一天我也不想错过清晨熙熙攘攘的欢乐景象——我在挤摩肩接踵、匆忙赶向列车的人流中第一次瞅见一位脊背微驼、浑身放射出倔强的老人，他用他高大结实的躯体在人群里劈开一条路，很快买好车票，登上火车，并用一个不容反抗的手势迫使一位妇人将靠车窗的座位让给了他。我毫不犹豫地当即断定，这就是我等待已久、现在近在咫尺的目标。另外我还相信：这个在爱的洪流中焚烧的世界，需要一个可以无限扩展、充满生机的内核，一个衔接点，一个作为变化的源泉、可以无限聚储全部回流的积水深潭，因为我毫不怀疑，当我日复一日地将自己汇入身边的人海中时，我总是贪婪地呼吸从他们体内散发出的善良的空气，爱通常将自身的力量隐伏于阴影，只偶尔流露在那些人的脸上，暗示着某种生机勃发、难以抗拒的遥远光芒。一股突然产生的怀疑低声地告诉我，从这个人身上我可以找到所寻找的一切，即便没有找到，他也肯定是那个将为揭开世纪的秘密提供形式的人，我决定跟踪他，尽可能地接近他，我被一股旋流般的力量所席卷，像信徒一样被带到他们的救主跟前，如同一只在黑暗中被迫围着灯光飞舞的夜蛾。接下来三天的快乐兴奋，随着因我片刻的疏忽丢掉跟踪的目标戛然而止。可以理解，我为自己的过错感到追悔莫及，想来我只知道他的名字（“萨博”），而打听到他是一位退役军官。由于跟踪的方式很愚蠢，我只能尾随到一个很可能是他居住街区的街角（由于他很警惕，我未能进一步接近他），令人沮丧的是，从那以后我再没能在这座城市的哪个街口遇见他。根据我对他作息习惯的了解，我敢肯定，他不可能从那天之后就没有出门，因此连续四天，我一直茫然若失地在街上徘徊；每天清晨我都赶到小火车站，几小时几小时地走在老城内狭窄的街巷里，当然大部分时间是在那些似曾相识的地方转悠，但是一无所获。持续的挫折将我压得喘不过气来，差一点就放弃了还可能再次遇到他的念头，然而就在第四天的黄昏，我一眼看到那顶我不可能认错的兔毛礼帽拐进了一条连接旧集市广场的小巷里。他很可能是在往家赶，我不能再冒一次让他从我视野里消失的风险，于是毫不犹豫地跟了过去。我尽量不引起他对我的注意，所以我始终保持二三十步的距离跟着他；就这样，我跟着他拐进一条我已经很熟悉了的小街，走到一幢两层的破楼门前，他以一个迅速的动作闪身溜进门洞，但是并没有带上身后的大门。也许这么说过于夸张，但是无论怎么讲，我的这种焦虑是可以理解的，我知道门牌还不够，我还必须准确地知道他住在这幢楼里的准确位置，因此——尽管我清楚地知道，一旦被他发现，不管他是理解还是误解，我这都是骚扰行为——我鲁莽地跟着他钻进敞开的门。走进这个封闭、朴素的庭院，我在寂静中清楚地听到他踏在吱呀作响的木楼梯上的重重脚步声，没过多久，又听到一把钥匙在锁眼里转动的声响，这时候我终于找到了一个适合偷窥的最佳视角，就在最后一刻，我在二楼走廊上的一扇门前捕捉到了他被黑暗笼罩的黑色身影。木料已被虫蛀，但我还是感觉到了周围弥漫着一种特别的家的气氛；我小心翼翼地沿着悬廊蹑手蹑脚地往前走，生怕不小心弄出声响，我从一户户人家的门前经过，几乎可以清楚地看到正在房里熟睡的老妇们，可以听到墙上挂钟指针慵懒的嘀嗒声，甚至可以闻到清淡的面团味道……突然紧靠他房门的窗户里亮起了灯，我知道机会来了，现在终于可以揭开谜底，自从四天前我第一次看到他，就一直期待这个令人振奋的时刻。当我把脸贴到窗玻璃上时，心脏险些从嗓子眼里跳出来，因为我想，如果我透过窗户的下缘偷窥的话，最不容易被他发现，于是我蹲下身子，将头慢慢地抬起，探到亮灯的窗口。这是一间宽敞的屋子，对面墙上开有两扇高大、临街的窗户，天花板上一只秃裸的灯泡洒下昏黄的光，在门旁放着一张方凳，上面摆了一只脸盆，旁边一把水壶，再加上一张宽大、笨重的写字台和摆在附近的一个被两盏台灯照亮的木墩，这就是房内的全部陈设；没有地毯，没有窗帘，没有椅子，也没有床，只有一眼看上去虽然让人感到凄凉，但还是有明显解脱感的空旷。幸好，萨博这时正好背对着我，斜靠着桌子，所以我可以从容地、毫无风险地仔细观察屋内的一切。过了足足有一分钟，还是什么也没发生；由于我看不到他的脸，所以不知道他到底是睡着了，还是正在看什么。他身上的那件皮大衣连扣子也没有解，古怪地皱在他本来就已微驼的背上，像驼峰一样。这时，他突然挪动身子，绕到写字台后，急匆匆地在一张小纸片上记下了什么，随后重新回到他刚从写字台前走开的地方。我困惑地盯着窗内，由于那人在长长定格之后突然令人不解的匆忙举止，竟使我忘掉了起码的谨慎。慢慢地，我恍然明白：原来他是在聚精会神地琢磨那个被两盏台灯照亮的木墩子，每隔一会儿，他都要往放在写字台上的纸条上记点什么。如果我没有猜错的话，他可能在玩智力游戏，可是在那个木墩上会有什么东西竟能如此勾魂摄魄地吸引住他？准确地说，那不是木墩——借着明亮的灯光，我清楚地看到——那是一段六七十厘米高、已经完全朽烂了的大树根。但是，最叫人纳闷的还是他每隔一会儿所做的记录，我目不转睛地盯了足足有十几分钟，仍百思不得其解。在这段时间里，我除了又看到他几次三番的重复性动作外，还是一无所获，他在树根前一动不动地站一会儿，然后突然绕到写字台后继续往一张纸上写什么；他就这样，躬身——几秒钟的寂静——走回原位——长长的等待——在纸上记录，随后又是不厌其烦的重新开始，无休无止，在这个不断重复的程序里，没有一个动作会被颠倒，也没有一次能够分散我高度紧张的注意力。这时候我被一个突如其来的念头刺痛：原来我到现在为止都像一个愚蠢误解的囚徒，事实上，我正在观察的是一个无法用文字记述的宗教礼仪，在这个世界上，我偶然做了这种“萨博式仪式”的唯一见证人，这一组周而复始、无限循环的动作，只不过是这个仪式的表达程式，至于所选择的动作能否被人理解，其实根本就无所谓。我这么讲，并不等于说我已彻底明白了或理解了什么，但我这样觉得：我正踩着正确的脚印将自己引向超然的方向。就在这时，他看了一眼手表，然后慢慢朝屋门口走来，我揣着一股从未有过的兴奋溜下楼梯，躲到庭院尽头的一个角落里。我等着他从屋里出来，穿过走廊，下了楼，穿过门洞走到街上，随后我立刻像影子一样跟上他，生怕眨眼之间又让他在眼前消失。当他推开中央广场后的那家自助餐馆的店门时，我决定跟他进去，想用晚餐的机会进一步观察他。萨博——在店内刺眼的灯光下——是那么强烈地吸引了我的注意力，以至于当茹兹大婶将饭菜递到我跟前时，我愣了好一会儿（“小伙子，刚看完电影吗？”），我还没来得及回答她，她已经转身回了厨房，她还得招待在我之后进店的客人。其实我根本没有食欲，之所以勉强咽下几口，只是为了做给别人看，我的目光始终没有从萨博那张满是皱纹的脸上移开，连他眨眼时的目光也不肯放过，我在心里兴奋地盘算接下来的几天或几个星期，我可以在这个令人激动的冒险中——哪怕仅仅作为目击者——扮演一个角色。

C→D

这项——跟我预先的期待相符的——研究工作进展得非常顺利，我没有任何不满的理由；当然，这并不等于说我已经完全掌握了最终的解决方案，但是根据目前取得的成绩看，我可以大胆宣称：成功就在不远处等着我。几年前，我刚退休不久，这些奇特的小东西偶然吸引了我的注意，起先仅是出于兴趣，后来身不由己地越陷越深，但当时我并没有意识到：要想真正了解它们，仅花几天几周几个月的时间是远远不够的，而要付出至少几年的不懈努力，慢慢地我逐渐明白：要想承担这项必须具备超人毅力的研究任务，我需要奉献出整个余生，我必须断绝与这个世界曾经有过的一切联系，必须做到这件现在已经做到了的事情，不再让那些部队的老战友打搅自己；必须重新适应一种现在已经适应了的生活方式，因为只有这样，我才能完全沉浸到这个可以满足自己侦探欲望的避难所里。在我观察的最初阶段，由于我采用的主要研究方法不妥当——那时，我只是去墓地、灵堂或乡村教堂进行观察——因此我的热情极少得到成功女神的青睐，后来我逐渐醒悟：要想使自己的研究达到一个更高的水准，我必须避免这种依赖于侥幸的随机性研究，必须放弃原来选用的那种无望的观察方式，假如我总是将自己的努力结果依附于诸多外界因素的话，那么我的成功也只能寄希望于幸运女神的降临。经过长时间的寻找，我终于找到一件最符合研究要求的原材料：那是我在一栋农舍后的菜园子里找到的，而且只有一只昆虫在里面孤独地工作；我将它运回到城里的住所，从那之后，我三天两头到乡下为它采集最适合它生活的木料。为了创造一个适于研究工作的自然环境，我在短短几星期内将房间重新布置了一遍，把椅子、桌子、床、窗帘、地毯等所有没用的东西全都运到城里的跳蚤市场廉价地卖掉。我仅用很短的时间就掌握了最有效的能够使木头枯朽、腐烂的特殊技术，通过这种手段，我成功地创造了一个相对封闭独立的、将对研究成果起决定性作用的实验环境。很快我还发现：自己到处收集到的那些肤浅可怜的所谓科普文学根本就派不上用场，那些莫名其妙的文字根本就没有触及食木虫拍动羽翼鸣唱的本质，只能让人误解；更有甚者，在这些所谓的论文里，根本连拉丁语的anobium punctatum（甲壳虫）和anobium pertinax（蠹虫）都搞不清楚。不过，这不仅没有使我感到任何失落，反而让我从现有知识的重压下解脱出来，因为我清楚地知道：一个自然的奥秘摆在我面前，只待我去揭开。要知道，还在我着手研究的第一个月里，就通过观察弄清了这个问题：被幼稚的天主教会称为“死亡之钟”的昆虫鸣叫声，并非像那些愚蠢的昆虫学教科书里描写的那样“只是为了引诱异性进行交配”；事实上，这种鸣叫本身就是宇宙的奥秘之一，是一种物种自身的直接表白，这使我越来越相信：“死亡之钟”每时每刻都在将庞大的信息密码传遍世界，在这种无限重复的信息密码中，每一个音节都包含着几组最重要的生命因素——在动与静、有限与永恒存在之间脆弱的分界，命运与死亡之间微妙的平衡。这些逐日积累、令人振奋、或许是微不足道的研究成果，都使我在无数细节唤起的兴奋和狂热中感到脊背烧灼，至今都在灼痛，已经完全切断了自己与这个世界的所有联系；咬牙切齿的诋毁、险辣恶毒的攻击和令人憎恶的欺骗，世界在这样无休无止的暴风雨中早已在我面前丧失了原有的尊严，变得既无意义，也无价值。话说回来，我又能期待什么呢？本该庄重的民众集会，如今变成了腐烂的垃圾场，而这些垃圾总是不遗余力地试图将世上所有曾经高贵的东西踩在脚下，碾成沙尘。比如不久前，我从楼长的嘴里听说，我们这条街里的一些蔬菜小贩刚刚举办了一次联欢晚会，并不知羞惭地上演了一出名为《失乐园》的闹剧。我不但有着格外敏锐的听力，而且有着无法再被伤害的孤独，我的记录方法更是简明实用，无可挑剔，所以我不用担心自己的研究会被什么人或什么事件打扰，不过，除了这个正在窗外偷窥的愚蠢废物！

显然，他是被我原来服役的那个部队的某个混蛋指挥官派来的。那家伙自打一个星期前在火车站引起了我的注意后，就一直像影子一样地跟着我。当然，这对我来说并不意味任何真正的威胁，我想，他之所以像狗一样地跟踪我，不过因为有人在他空洞的脑袋里钉了一根楔子。虽然跟其他军官一样退了休，但我从不跟那些酒鬼为伍，也不参加任何场合的狂喝醉饮，我断绝了原来的一切联系，将全部精力都扑在了自己热衷的研究上，所以，我有充分的理由感到不快，不说别的，当我需要集中精力仔细观察的时候，总要留意背后有一个狡猾的黑影，我知道他已在附近的街道上找了我四天。集中注意力要求我必须彻底排除外界的干扰，如果由于我一时的走神而漏记下某个对我来说十分重要的信息密码的话，即将会造成不可弥补的损失。下午六点，我稍稍散步了一会儿，那个白日做梦的流浪汉一直都在跟着我；回到家后，我立即投入工作，我刚成功地捕捉到从树根里发出的四五个清晰的信息密码，这时我突然察觉到，那个狗胆包天的家伙，居然敢伏在窗户上朝我屋里偷看，在此之前还没有哪个小子胆敢这样。我想了一下，暗自发誓：如果这家伙在一个小时之内还不滚蛋的话，我非要砸烂他的脑袋。我走出屋子，来到悬廊，然后下楼，拐进那条通向市中心的街道。这混蛋自然紧跟我不放。穿过中央广场时，我突然决定，反正我的工作已经被打断，不如索性找个地方吃一点东西。我转到河边，走进一家自助餐厅，没等一会儿，我就端着热气腾腾的饭菜坐在离门口最近的一张餐桌旁。果然不出所料，那小子真的也厚着脸皮跟进了餐馆，他显然自以为我什么都没有察觉到，他跟我隔了两张桌子坐下，挂在鼻尖上的鼻涕几乎流到了汤盘里。我暗自思忖：这家伙过的是一种何等可悲的生活！欺骗、躲藏、偷窥，总有一天他会被人打死在哪条黑暗的小巷；当然，在这之前，鬼知道他还会多少次被人揍个半死，如果他在十分钟后还不从我眼皮底下滚蛋，我就先要给他一次教训。我这顿饭总共多少钱？五百福林？一千？一千五？饭菜在我嘴里泛出一股苦涩的味道。不过我已经不年轻了——尽管我的体力还有，但是反应已经迟钝了许多——保险起见，等会儿出门之后，我必须仔细斟酌一下，应该选择哪一种拳法。我就这么一边想，一边一勺接一勺不紧不慢地吃完了盘中的晚餐，然后将身子仰靠到椅背上，一股脉冲似的快感贯穿了我的整条脊髓，因为我感觉到，我的研究，或者说是我的生命，很快就要接近尾声。屋外，灰色淘粪车正发出欢快的突突声，肯定跟这家伙盯在我身上的僵滞、鬼祟的目光有直接的关联，显然一切就将在今天结束。

打烊前不久的沉闷，与其说三个男人在这个自助餐馆里默默地用餐，不如说在修配厂的车间里，其中一个吃的是云豆炖肘子，另一个吃的是黄豆烩菜，第三个吃的是桂皮味的牛奶煮米粥。茹兹大婶，醉醺醺的女厨师好奇地将脑袋从递菜的小窗口里探出来，透过厨房里热腾腾的蒸汽，仔细打量这三位客人，在她斜视的眼睛里闪烁着撒旦的幸灾乐祸的光亮。

（余泽民 译）

火

我们害怕

当他们通过广播电台宣布民族统一大势已去时，我也感到自己别无选择，只有立即拔营撤退，消失一段时间，就像单位里的同事应付税务检查时那样，他们早在我之前——现在看来这是明智的预见——就明白了，对我们这类勤奋正直之人而言，尽可能以最快的速度逃离这场危机四伏的混乱才是我们最正确的选择，因为谁又知道那些——作为持久忠诚、坚定意志和高尚工作的成果——拥有一套位于市中心的公寓、一辆轿车或一栋海边度假小屋，并以此为自己稳定、理智、负责任的生活打下了基础的人接下去会怎么样，尽管他们能够认清自身利益并且服从其指挥，坚守自己的岗位，而不是在大街上交头接耳地消磨时光，因为他们清楚地知道，假如没人每天分配给自己琐碎的工作，他们就无法在生活中获得进步和富足，什么都不会有。我怀着苦涩的心情在最后一晚将值钱的小件物品打好包，在第二天清晨哽咽着关上了几个月前才分到的、宽敞明亮的公寓的大门，接受领导好心而友善的建议，带着走在我右边、哭哭啼啼的康斯坦茨去维切则街上查看格但斯克造船厂据说已多年无人居住的旧楼，试图在那里找到一个藏身之所，直到相关人员能够重新恢复秩序，虽然作为新婚丈夫，我本想用自己的全部力量为小家庭创造一个和睦、温暖的爱巢，建一个总能充满孩子欢声笑语的家，但是现在我却不得不放弃至今为止所得到的一切，眼睁睁地看着它们被民众充满无尽破坏力的、难以预料的怒火吞噬掉，出于谨慎，我必须躲藏起来，就像一名罪犯，以免让自己万一成为无辜的受害者，供民众发泄嫉妒的愤恨。这是命运的讽刺，虽然我们并不富裕（目前既没有车，也没有度假小屋），但我们还是穿上了最破旧的衣服，我穿着一套膝盖和胳膊肘处都已磨光的、廉价的棕色格子西服，康斯坦茨则身穿完全褪色的、破旧的女士套装，想来穿着正常的衣服在大街上抛头露面无论如何都是不明智的，那样足以使那些已被密探激怒了的民众再一次被不假思索的暴力冲昏头脑。幸运的是，在我们挽着手、一言不发地在即将破晓的天空下穿过长方形广场的过程中并没有遇到聚集的人群，但当我们远离现在的生活舞台、走近在接下去的那些天里（多少天？谁又知道会不会将是几周或几个月?）将要栖居的令人压抑的地方时，我们的心中生出了无法掩饰的不安，当一场突如其来的不幸将我们从习以为常的安全感中放逐出来时，当一个人的眼睛习惯了家中让人感到踏实的光明后却突然要去适应无边的黑暗时，我们总会被这种不安所笼罩。康斯坦茨最终做出的决定（“我无所谓，就住这里吧……”）并没有完全消除这种不安，只是将它稍稍缓解，她面露愠色地转过头去，就好像这一切都归咎于我的无能和毫无主见，以至于我们爬上爬下地折腾了几个小时都无法做出最后的决定，自从我花费了一番气力终于在维切则街上找到了那些令人压抑的、破败的楼房那一刻起，我们越来越紧张地一层又一层地查看，我们将住在哪一套房里全都取决于她，因为对我来说，在确信了领导告知的消息是真的，格但斯克造船厂那几栋明显是即将要被拆除的楼房里确实一个活物都没有之后，我们见到的第一套房间就已经合适得无可挑剔。我以为她选择这套她觉得最合适的房子，这套位于四层的“两居室”只是出于她那——很遗憾——惯有的、喜欢抱怨的情绪化，以及很可能她也在这毫无意义的上下楼梯中感到疲惫，因为我们的临时住所跟这里其他所有的房间都一模一样：快要坍塌的天花板、打碎的窗玻璃、脱落的肮脏墙纸以及随处开裂的地板上放着的椅子、桌子、灯、无法使用的床的骨架，我们打扫卫生直到筋疲力尽，虽然对于周遭的陌生仍感到恐惧，但我们依然带着一丝满足感相拥在临时的地铺上，因为看啊，我们竟能在一天之内做完这么多事情，我对康斯坦茨的远见感到惊讶，因为她的选择毕竟不是出于偶然：在这栋楼内封闭的院子里——我也发现了，但当时我的目光只是一掠而过，并没有意识到它的重要性——不可思议地堆满了柴火（“如果我们迫不得已要在这里过冬，没有它们可怎么行啊?”），而这套房子本身也是最偏僻、最破旧的房子之一，因为任何一个陌生人来到这里都需要先爬四层楼，跨过走廊上成堆的碎砖破瓦和垃圾，越过前厅和厨房里的大量废品，最后在抵达没有显露迹象证明里屋有人居住的第一个房间时还会产生怀疑，可想而知我们只占据了里面的屋子，也从未想过要改变盘踞在这套房子其他部分的、压抑的、可怕的肮脏，主要是因为万一有人闯进来，它便可以保护我们。令人意想不到的是，康斯坦茨在深夜被不断重复的声响惊动，把我叫醒，然后当她发现只是一扇来回摇动的窗户在作怪时，她承认自己已经睡意全无，她认为我们一受到惊吓就抛弃一切是多余的、毫无意义的，甚至是“极其可笑”的，她不停地念叨说我不能当真以为那些正直的、被误导的人偏偏会把我们当大人物，只因为我们在漫长的艰苦岁月之后成功得到了一套像样的住房，只因为我们看上去不像摩特拉瓦河岸边的流浪汉……康斯坦茨如此不了解历史并不令我惊讶，事实上一个女人不打听这些事反而更好，但是经过一个星期的劝说、解释、启发之后她仍不相信我的判断力，这让我感到绝望和恼怒，她并没有站在我身边，在这艰难的日子里支持我，而是用无休无止的抱怨不断地惹我发火，况且她深知若不是她自己不停地考验我的耐性，我实际上是一个平和的人。我本想对她大吼，让她回娘家去，但内心清醒的头脑仍旧占据了上风，于是我再次将所有劝解重复了一遍，这些话只用一半也已足以说服任何一个人，让他认识到我做得对。我不知道别人有何看法，但我认为生活中的小心谨慎至关重要。像我这样的小人物总是生活在危险之中，不论有所求，还是无所求。经验证明生命是短暂的，不知不觉衰老已经到来。所以一个人应当好好斟酌自己要做什么，因为只需一个微小的错失，所有的一切都将付诸东流。想要在此立足的人、想要取得某种成就的人应当知道诀窍：任何事都不可急于求成，任何机遇都不可错过。我这样的人需要保持冷静，努力耐心地等待有利的时机。我已经跟康斯坦茨说了至少十遍，倘若我现在就在那套房子里等待人民主张的正义取得胜利，那套——我们私底下说——如果不是因为领导的好脾气我也绝不可能得到的房子就会被轻易误认为是我用卑鄙手段从曾经的罪恶系统里攫取的非正当所得，而如今这样我却可以证明自己拒绝接受不正当的好处，自愿搬到救助房里居住；如果就像我们已多次见证过的那样，这些众所周知的事件都是由善于煽动的敌对势力密谋策划的，在这种情况下我们便能一箭双雕：我们自然立即就能搬回那套自己依法享有的房子，除此之外还可以对外宣称当许多人犯错，与供养他们的制度作对时，我们却保留了自己的洞察力，没有卷入任何事件。当然所有的这些仍旧无法彻底说服康斯坦茨，因此我需要再次重申其他同事在税务事项上早就赶在我们前面采取了这种措施，就是因为他们也知道不只是为自己，也要为一个家庭负责的人不能目光短浅。哪样更好，我问——天知道已经多少次了——康斯坦茨，是在家里坐上两个星期，等待人们破门而入，把搬迁令塞到你手中，更别提保全自己的身体不受伤害，还是听取头脑清醒之人的建议，使他人永远不能将你得到的东西夺走，任凭事态如何发展。虽然听到这些，康斯坦茨又开始抽泣，但幸运的是她很快就睡着了，第二天我们醒来的时候，她看上去就像一个在睡梦中平复了一切的人。很长时间以来头一次——虽然只有几小时——雨停了，阳光和大海微咸的气息注满了房间，四周一片寂静、安详与平和，只能听到我们俩平缓的呼吸；这时她那滚烫的身体朝我依偎过来，双眼闪烁着，在愉悦令人眩晕地消退之时，她躺回我的身边，静静地说："兹比格[1]，别生气！我很愧疚……发生了这么多事……现在我们要把这个地方收拾干净！我保证再也不会喜怒无常了，该有的总会有的。只要你爱我，别的都不重要……"然后她开始温柔地抚摸那个令我享受的部位……我几乎不能相信自己的耳朵！女人……俗话

①兹比格（Zbig）：兹比格涅夫（Zbiegniew）的昵称。

说得好，如果一个人想把你们弄明白，就得绞尽脑汁！前一分钟你们还是无法逾越的障碍，后一分钟却变成了温顺的羔羊！有谁能搞明白？可想而知，我自然没有追问引起这突然转变的原因，主要是因为我之前就怀疑这一切都只是女人一时的脾气，当然倘若真是这样的话，那我最好沉默和叹气，能坚持多久就坚持多久，因为我知道在目前的状况下，能够相互理解是多大的优势。我们用随身携带的小收音机收听新闻——目前还没有任何消息——然后开始思考该怎样继续生活。昨天我们只来得及将房间大致清扫了一下，现在是时候冷静地思考我们有什么，还缺什么。我们有两床毯子，两口锅，够吃几天的罐头，火柴、勺子、药、针线，还有一捆蜡烛、几包香烟和一个煤油炉……虽然不多，但将它们在不引起他人注意的情况下用两个背包扛来也已经是奇迹。睡觉的地方仍没有着落（我们一开始只在一套隔壁的房子里找到了两张发霉的马毛垫），我们不知道该去哪里洗漱，还有更要紧的是：在昨天的匆忙之中我们全然忘记将小件值钱物品（钱、珠宝等）找一个安全的地方隐藏。我知道在困难的处境中只有足智多谋才能帮上忙，只需从窗户朝外看一眼——楼下拉杜尼亚运河正在缓缓流淌——我们洗漱的地方立刻就有了；我刚把这个消息告知康斯坦茨，就立即想到即使房子里没有饮用水，但在某个院子里肯定能找到，碰巧的是我们初次尝试便取得了成功，在楼下一大堆柴火后面发现了一口虽然压起来有些费劲，但仍旧可以使用的手压井；关于我们的财产，这一整年的收获，康斯坦茨拿出了针线，因为没有比将它们缝进裤腿或是西服内里更妥帖的了。我们如此度过了这一天和接下去的几周：不管我们做什么，总会受到好运眷顾。在邻近房间和楼房里的搜寻取得了成果，几乎一切重要的东西都有了：床、桌子、椅子；然后因为还没有遇到返回原先住处的合适时机，我们踏出这个临时住所的次数越来越少；我们整天都在装饰小房间中度过（“不管怎样，我们总不能生活在一个猪窝里！”我亲爱的康斯坦茨坚定地说道），天黑之后我们也只是偶尔出动，去奥谢克街的院子里偷土豆，多亏在路上偶然遇到的黑市商人，我们每隔一段时间就会补充快速消耗的食物、煤油和香烟，因为除了在寂静中不被打扰地坐在面朝拉杜尼亚运河的窗户前看着楼下寂静河岸边的流浪猫朝水流走去，除了感谢命运让我们依旧平静、安全，除了等待世界重新恢复秩序，我们什么都不需要。时值深秋，小拉杜尼亚河已经涨了将近一米，摩特拉瓦河上也不再传来游船孤独的汽笛声，风越来越刺骨；当我们听完新闻关上收音机的时候——还是什么消息都没有——就连康斯坦茨也不再不停地叹气了，因为我们感到天空不是虚无的，宽容的上帝就在上面。奇怪的是，虽然我们从来、一刻都不曾忘记自己的目标——回到我们真正的家，但我们并不觉得生命中的这个转折算是挫败；在等待的过程中周围的一切都慢了下来，我们的东西、物品有了安放的地方，已经没有，也不可能再有需要移动的东西，摇晃的桌子和放在角落里的床井然有序，就连我们的脚印也在巧妙修理的地板上无法避免地留下了看不见的痕迹。不可否认，当我扫视整个房间属于我们的整洁时，会不由自主地感到自豪，因为我们就是活生生的例子，证明人在任何环境下都依旧是人。我们整天安静地、一言不发地、耐心地坐在窗户前，不仅可以在秩序的每一个细小之处发现自己的影子，而且时间的变换也为我们提供了庇护，长时间的无所事事使我们注意到了日出之前深沉的蓝色，白天时而刺眼、时而暗淡的日光，夜晚那毫不逊色、深浅不一的色彩，以及这其中一成不变的时间变换所蕴含的伟大意义，我们先前曾对多少美丽视而不见，生活是一场匆忙，现在一切都豁然开朗了。“看哪，康斯坦茨，”我不时提醒妻子看一处美丽的风景细节，“你瞧，这从家里的窗户可看不到！”“是的。”她感动地点头，然后将头靠在我的肩膀上，“只可惜我们的相机不在这里。”我有时会仔细端详康斯坦茨，看着她在煤油炉那里忙碌，看着她在床上缝补我西服上的破洞，迄今为止我还从未有过时间这样做，我的内心充满了温热，因为我现在才明白有一个不仅仅是在顺境之中——这是当然的——而且在逆境里也能追随你的女人是多么大的福气。当然她也有缺点，但谁又是完美的？重要的是和睦，这一点实际上对康斯坦茨来说并不是件难事，因为她不仅是一位无论谁在什么时候都会在大街上忍不住回头张望的漂亮女人，而且她的心肠也很好，这比任何东西都要珍贵。此时我们的日子充满了平淡中夹杂的微小但却永不枯竭的快乐，它平息了内心翻滚不安的风浪；有时我们会在傍晚的时候长时间散步，沿着摩特拉瓦河岸一直走到马尔特瓦维斯瓦河，但是我们总会惊惶失措地赶回位于维切则街上的家，因为有时会从远处传来危险的声响。冬天临近，就算在燃料方面没有任何顾虑（康斯坦茨有一次说："你瞧，这里的木头仿佛每周都变得越来越多了似的……"），我们也无法再继续拖延下去，得弄一套取暖设备了。我们决定既然现在已经能够自力更生，那就不要再壮着胆儿摸回市区的房子，将地下室里的燃油壁炉偷运过来（现在本来就很难弄到油），让命运经受考验，而是花点钱，不去冒险。我们去了旧货市场，在长时间的寻找和讨价还价之后买了一个旧铁炉子（出于谨慎，我们让人把它运到了维切则街的路口，并从那里将它抬回了屋子），那一天的夜晚便是在跳动的炉火旁降临的。下了第一场雪，我们正满怀信心地展望冬天（从新闻里可以听出，有关人员已经不会再拖延，很快就会恢复秩序），然而有一天令人害怕的事情发生了。在第三层和第四层的楼梯转角——那时我正从院子里的水井打水上楼——一个人差点将我撞倒。

我不

他是一个瘦高的人。我不认为他当时正赶着下楼，总之他也没有料到我的出现，因为当他突然在转角处撞见我时，由于惯性无法止步，只能从我身体的一侧擦肩而过，这样才能躲开我。当我从惊讶中回过神时——天哪，他是谁？他想干什么？该不是……这时候他已消失在楼下，一句话都没说。可怜的康斯坦茨，当我跟她描述发生的事情时，她立即就想到了最坏的可能。“天哪！他肯定是格但斯克造船厂的人！撞得厉害吗？”“我说了，我没有摔倒！”我紧张地把她的话堵了回去，但随后我突然平静了下来。话说回来……这个男人……可以是任何人，一个流浪汉，一个穷困潦倒的人，天知道！

工厂的人怎么偏偏会在这时想起这几栋楼呢？如果他只是碰巧来到这里呢？他来找曾经住在这里的人，但是发现这地方已人去楼空，于是也就不会再来这附近了？再说了，他们凭什么来骚扰我们？我们马上打开收音机——当然了，还是什么消息都没有——然后一言不发地开始吃饭。就这样过去了一个小时、两个小时。我知道我应该做点什么，这种神经紧张我们无法忍受太久。可问题是他来四楼做什么。康斯坦茨什么都没有听到，因此他很可能并没有发现我们。但他是在什么时候、怎样进入这栋楼的？假如我们自以为在绝对安全和毫无打扰的环境中度日，而有人却对我们的每一个动作了如指掌，这些想想都可怕。我认为最令人担忧的是，如果我不想让康斯坦茨再次哭泣，并给我们的婚姻迄今为止最美好的一段时光画上句号，我没有太多时间思考，我得让她安心。“听着，亲爱的，”我平静却坚定地对她说，“没什么特别的。一个人偶然来到了这里，很可能是个流浪汉。他看到这里的情况就立即离开了。我确信不会再见到他了。我们感到有些意外，这是当然。但这是正常的。因为自从我们来到这里之后，就没有被任何人打扰过。我们已经不习惯在这附近见到其他人，仅此而已。”“你这样想?”康斯坦茨充满希望地看着我，“当然了，你的担忧是多余的。”然而事情却远不止这么简单。在接下来的几天里为了保险起见，我总是坐在窗边，以免这个男人在我们毫无防备之时再次现身。但是什么事情都没有发生，瘦高个儿没有出现。生活慢慢回到了原有的轨道，我们整天坐在温暖之中，炉子里的火苗轻柔地噼啪作响，我们听新闻（可以感觉到，事态不会持续太久了），规划未来，这是每一对新婚夫妇都会做的事。现在我们已经确信自己的命运不久之后就会好转，也许只要几周我们就可以回到真正的家，可以在正道上继续前行，一个家庭应有的幸福将在道路的终点等待着我们。然而一天晚上，当我刚洗完脚，正想站起来去加热一个剩余的罐头时，我们猝不及防地见到了他：那个瘦高个儿一动不动地站在我们的房间门口，双手交叉在胸前，肩膀倚靠在门框上。出于惊讶我们竟一时哑口无言，他也没有动，我们只是面面相觑。他那大得出奇的、病态地突起的眼睛里折射出无情的冰冷目光，两只眼睛中的左眼眼球旁——乍一看上去他的面颊也因此而变得可怕——暴露着一条粗壮的红色血管。他看上去比上次还要高，需要稍稍低着头。我的第一个，坦白地说，抑或是第二个想法是我一定要很坚决，不管他是谁，我不允许他在一开始——以防万一——就用占据上风的声音发话，话说回来，即便此时此刻的状况与之相悖，我们也不是普通人；但当我在脑海中搜寻在这种情况下最有威慑力的词语，当我终于迈步，手中拿着毛巾，一只脚还是湿漉漉的时候，他也向我走了一步，小房间突然变得无比拥挤，我矮小的个子、他巨大的身躯和我俩之间的距离竟意外地将话堵在了我的喉咙里。更何况他抢先开口了。“抱歉，我不是有意打搅这温馨的场景……你们是新婚夫妇，对吗？”我本应该说见鬼去吧，但是结结巴巴的声音只是勉强说出：“是啊……”男人听后傲慢地笑了笑，然后就像一个第一次来家里做客的人哼着调子在屋里转了一圈，看了看简陋的陈设。他在火炉旁停住。“木头烧得怎么样？”遗憾的是，我因为紧张咽了咽口水。“木头？就像普通木头一样。”听到这里康斯坦茨从后面扯了扯我的外套，赶紧补充道：“很好，烧得很好，您能感觉到，不是吗……”男人满意地点了点头。“是挺热的。”然后他坐在床上，背靠着墙，从口袋里掏出香烟，递了过来。“是挺热，”他重复了一遍，然后又小声地补充道，“但是会变得更热，相信我。”这话让我如何接？幸运的是康斯坦茨反应很快：“不如坐到这张椅子上来，这里更舒服。”“不用，不用，谢谢。”男人拒绝道，并用那巨大的手掌做出了一个不合时宜的、特别优雅的动作。我不知道他这样做是出于讽刺，还是礼貌。不管怎样，我定了定神：“那……到底……您出于什么目的……就是您为何大驾光临……？”“见鬼！我差点忘了！”他突然坐了起来，并开始在口袋里翻找。（“我就知道！”我想，“我就知道！现在该轮到文件了……”）可他只是拿出了一个扁瓶子，这着实让我松了口气。“我有点儿苹果酒。我想我们可以一起喝。”说着他就把瓶子朝我们递了过来。“啊，我不会喝酒……”康斯坦茨抗拒道，“我们不怎么喝酒……或许我的丈夫还能喝一点……”我越来越紧张，他就这样闯入，一屁股坐在床上，不停地盘问，仿佛他清楚我们是谁，这一切太过分了……说出你想干什么，然后快滚吧！但不管怎样努力，我还是无法找到合适的词语，因此眼下我最好不与他对抗。“或许一小口吧……”我不确定地说道，然后把瓶子举到嘴边，当然我并没有喝。幸运的是男人没有发觉，他灌了一大口，并满意地将身体向后靠。“您听说欧塞克发生了多么大的火灾吗？”“没有，呃，您要知道，我们并不经常……出门……”我停顿后说道，“我们习惯待在家里。”“那是一场漂亮的大火，”瘦高个儿继续说，然后吸了吸鼻子，“但不够高明。”我和康斯坦茨面面相觑。这人是傻子吗？他怎么总是说火灾？不够高明是什么意思？接下去是一片尴尬的沉默。逼迫自己的大脑也无用，我什么都想不到。最后还是他打破了寂静：“您对发生的事怎么看？我们赢了还是输了？”看吧，他是来讨论政治的。见鬼去吧。而且我再一次无法分辨他是在讽刺，还是在严肃发问。“毫无疑问。”我坚定地回答道。“什么毫无疑问？”“当然是胜利了。”我更加坚定地说。男人有些不安，奇怪地瞟了我一眼。然后他的眼神突然黯淡了下来：“无所谓了。但我们会失败的。我保证。这几个月我都在忙这个。”然后，仿佛一个突然改变了主意的人，他转换了话题：“我看到，您在这儿过得挺好。”我和康斯坦茨相互对视：“是的，与周围的环境相比的话。您是工厂的人吗?”瘦高个儿迷惑地摇了摇头：“什么工厂?”此时我想，我得迅速转移他的注意力。“我不知道您怎么看，但我认为历史的车轮是无法倒退的。”这是个明智的举动，男人陷入了沉思。所以说：不是！他不是工厂的人！那么，现在他真的可以见鬼去了。我怎么会被这样一个流浪汉吓倒?！我感到自己正慢慢缓过劲来。“一切直到此时此刻都可以调整。”我激动地说，“但是使其倒退呢？不可能！很多人试过，但没人能成功。您觉得不是吗?”看哪，情况反转了。我能看出，他已经明白站在他面前的不是一个普通人。他一言不发，只是喝光了瓶子里的酒，然后站了起来，开始在房间里来回踱步。康斯坦茨用不安的眼神盯着他。我安慰似的拍了拍她的手。“嗯，”瘦高个儿勉强地说道，并朝门走去，“谢谢招待。关于柴火，两位尽管用吧。还有，不管听到什么，不管谁来骚扰，不要听信任何人的话，安心待在城里。明白了吗？”说完他就走出了房间。我和康斯坦茨诧异地看着对方。不管他的形象是多么令人不安——他始终给人一种只要他在，任何事都有可能发生的印象——可以确定他不是格但斯克造船厂的人，从这个角度看我们已经渡过了难关。但那个事实，即据此判断柴火是他的，让我们和这个人之间形成了尴尬的依赖，我们觉得最好立即将其摆脱。但是应该怎样做？在他离开一小时之后，在权衡了一切，包括最无关紧要的细节之后，我们得出结论，这一切都很不正常，甚至用康斯坦茨的话说“他看上去就像一个正在策划什么事的人”，我们不能与这样的人物——可想而知——产生联系。他肯定是一个精疲力竭的、愤怒的自由战士！这是我们最不想看到的！康斯坦茨立即提议我们尽快搬至别处，不能坐等灾祸降临到自己头上。我却认为不能仅凭单纯的预感和出于本能的印象，在冬季来临前做出一个如此重大的决定，离开暂时的住所，清空这个代表着通过艰难拼搏取得的平静和安全的房间，即使某些迹象——这主要是指院子里的大量木柴——清楚地表明和瘦高个儿继续下去不会有好结果。最终我们决定一有机会就试着跟踪他，一定要弄清楚他是何方神圣，我们得有心理准备。当康斯坦茨抚摸我的脸颊时，我突然惊醒。“醒醒，茨比格，醒醒！”“怎么了？出什么事了？”我惊惶地坐了起来。“他刚刚离开，朝拉杜尼亚运河小桥方向走去了。”我立刻睡意全无。“什么？他也住在这里？天哪！”“肯定是的！”康斯坦茨点头说道，“我们竟然没有想到！”“等一下，我穿衣服。”天已经蒙蒙亮了，但是楼梯间和走廊里还是几乎什么都看不见。不管光线多么阴森，我们还是抑制不住内心的兴奋。搜查从一层开始，我们逐个找遍了整栋楼的每套房，还检查了地板，虽然现在可以确定他的藏身之处就在这栋楼里，但我们还是一丝痕迹都没有找到。如果找不到的话——我们明白！——就无法继续采取行动，我们必须要找到那个隐秘的要害，挫败瘦高个儿的高傲。当然，我们无法确定寻找的方向是否正确，但是我隐约感到如果能找到他的老巢，就离发现他的真正意图不远了。“地下室！”这时康斯坦茨说，“我们完全忽略了！我们并不知道有地下室，这肯定意味着什么。我们还从没想过去找。在一栋这样的楼里肯定有。走，去看看！”康斯坦茨说得确实有道理，我们在大楼的另一头找到了通往地下室的走道，但令我们失望的是：除了大量的汽油之外（那里面甚至约有一百桶）我们并未找到线索。当然这数量庞大的汽油本身已令人惊讶，这很可能与瘦高个儿有关。毫无疑问，我们感到自己已经知道了更多，但却依然无法理解已知的东西。生活的其他领域也是如此，人的手中拿着一个线团，却无法解开。我们灰心丧气、一言不发地低着头回到了住处，虽然并不饿——也许还没到八点钟——我们还是开始吃早餐。“如果，”我突然想到，“他不住在这栋楼，而是在附近的某一栋楼里呢？”“才不会，”康斯坦茨泼了盆冷水，“那成堆的木柴呢？汽油呢？”“也许只是出于小心谨慎。”“我不这样认为，”康斯坦茨摇了摇头，“但我们可以去看看。”我也不确定自己的设想是否能被证实，令人更加意外的是，我们很快在附近的一套二层的房子里找到了他的藏身之处。这里的前厅和厨房也没显露任何痕迹，显然他这样做也是出于与我们那时一样的谨慎；但是里屋的地板被清扫过，一个角落里立着铁床，另一个角落里的一张板凳上放着盛有脏水的盆，褶皱的毯子透露出不久前曾有人在这里睡觉。在窗户正前方的一张桌子上杂乱无章地放着纸张、本子、书，旁边立着一支粗大的教堂蜡烛，很明显他大多在这里过夜。我让康斯坦茨站在窗边，以防他突然回来吓着我们，然后我开始研究那些文件。但是进展缓慢：我在纸上和本子里——凭我的个人能力判断——找到了一堆混乱的物理算式、数字、方程和对我来说无法理解的图表。翻看他的书时，我也感到无比困惑，因为书本封皮上印着这样的标题：

《消防志愿者手册》

《防火基础知识》

《沿海地区气候条件》

《气象学（第1、2册）》

《火与水——空袭兵须知》

或者诸如此类的其他标题。这是什么鬼东西？我承认我被激怒了，因为我感到或许自己攥在手中的东西就是答案，但对于这一切我仍无法完全理解。这时候康斯坦茨朝我走来，并困惑地将一张纸片塞到了我的手中。“你看，我在地板上找到了什么？”纸片上的一个句子被划去了（“多年以来，你们在一个假想的舞台上摇首摆尾，可是你们并不知道，也永远不会理解，这个舞台是由肮脏的鼻涕砌成的。”），下面则用歪歪扭扭的大写印刷体字母这样写着：“在历史中的所作所为，其实就像在鼻涕里打滚。”“你明白吗？”康斯坦茨疑惑地看着我。“我可弄不明白。但你看看这些！”我把本子和书指给她看。可是她也无法从这些东西里看出端倪，我们只能在纸堆里胡乱翻找，突然发现了一个硬皮本。第一页上只写着“燃烧”，下面用小字写着“尾声”。“啊！”康斯坦茨松了口气说，“我觉得他是个作家。”“不是，不是，”我摇了摇头，翻看本子，“里面只有数字和公式……这里……你看……就像什么地方的地图……”康斯坦茨皱起了眉头：“这不是一张城市地图吗?”她指向其中一幅草图：“这个看上去就像市中心……这个！是老郊区！他画这些做什么？这些……箭头是什么？你看……还有……这里……?”就像一部真正的小说里描写的那样，我突然灵光乍现。我认识这些符号。“我觉得是风向标。”我们在本子的最后找到了完整的城市地图手稿，图上到处排成环地、分散地标注着带圈的红叉，当我们翻到——现在我已经确定——这疯狂书写的最后（那里有几个加法算式和一个类似物品清单的记录，题目是“油，汽油”），我已经知道，至少我认为我已猜到这一切关于什么。“康斯坦茨!”我严肃地说，“不要碰任何东西！我们赶快离开！马上!”我们几乎一路小跑。她跑是因为什么都不明白，我跑则是因为我已经明白了。“是黑市商人?”康斯坦茨在家中问道。我一言不发。“快说啊！……是个密探?”“你真是个笨蛋，康斯坦茨!”这话无意间从我的嘴角溜了出去。“你为什么要对我说这种话?”她撇着嘴说,“我什么都没做错呀。”“难道你还不明白吗?”我朝她吼道,但其实我并不是在生她的气。只是——无可否认——我被吓着了。“不明白……”她回答,并开始抽泣。“难道你不明白他说还会变得更热是指什么吗?……还有那大量的木柴……汽油……地图……还有……”“什么啊?别再卖关子了!”“他想烧掉这座城市。”我们一言不发地在桌子旁坐了很久。所有的一切都在我的内心翻滚。我试图让自己相信我弄错了。我迅速打开了收音机。现在正放着军乐,看来还要几分钟才会播新闻。“他为什么说让我们待在这里,不管发生什么事?”康斯坦茨问。她面色苍白。“他也不喜欢我们,我觉得。他认为我们有罪。”“我们何时对他说过坏话?我还请他坐椅子,你记得吗?”“无所谓了,重要的是我们是好人。”我不是一个狂妄自大的家伙,我知道自己的位置在哪,我知道不应该插手大人物的事,但我现在越来越清楚地感到时机已成熟,我应该向他明示我到底是谁。因为这一切都太过分了。我从未想过要当英雄,但现在我明白了,自己没有别的选择。我必须这样做。“康斯坦茨，”我用在这种情况下应有的严肃语气说道，“我们现在走运了。”“啊，兹比格涅夫，你可千万别卷进去。”我没有理会她的哭泣。“把能装下的东西都塞到两个背包里。干脆收起帐篷支架。这事我们得报告。”“那我们的房子怎么办？你说过……”“会有另外的房子，别害怕。事成之后，如果我跟相关人等说需要一套五居室，我们就会有一套五居室。明白了吗？”“五个房间？”康斯坦茨惊叫道，“啊，兹比格涅夫，我害怕。”“我不害怕，”我堵住了她的话，“可以出发了吗？”我们一分钟之内就准备好了，跨出大门时我看了看这座历经沧桑的、不幸的、大难临头的城市，突然身体发烫，我在内心深处感受到了瘦高个儿想要带给这座城市的炙热。我不会告诉你，我的心因为紧张提到了嗓子眼，我的双耳鸣响，嘴巴发干；我知道这一切几分钟之后就会过去。只是可惜——从那之后我一直觉得遗憾的是——瘦高个儿当时并不在家，也许是出于人性的软弱，但现在已无关紧要了——我不自觉地挺起胸膛的时候，他也没能从那肮脏小窝的窗户里朝外看，因为那样的话，他也许就会在某个脏兮兮的本子里写道：计划因为兹比格涅夫而失败。虽然——至少我不否认——兹比格涅夫只是一粒灰尘，但我们为数众多，而许多灰尘，再来点儿雨，就会成为土地。

（康一人 译）

调台旋钮

当他用一个犹豫的手势打发被贬为信差了的前任副书记上路，并艰难地拼读出写在从网格作业本里撕下的纸片上的、透露出无可救药的行文晦涩的信息时，他立即明白了：反对村书记进行庆祝的意愿八成是像——打比方说——为躺在医院重病区的垂死之人安排舞蹈表演，在干呕时若无其事地吹口哨，或者莽撞地跳入别人的墓穴一样荒唐得离谱；同时，他不仅坚定地认为自己去

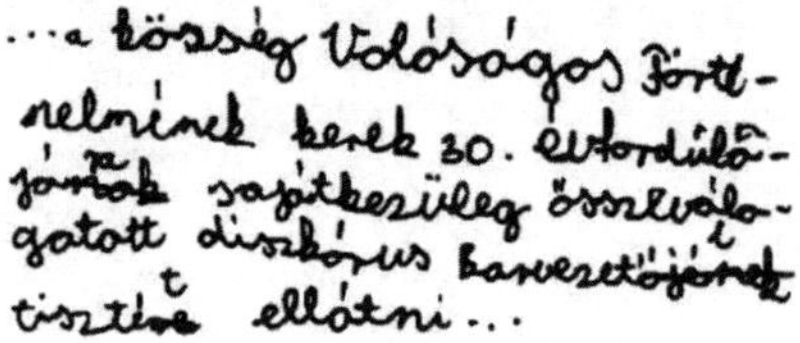
…a kösség Volóságos Tört-
nelmínek kerek 30. évfordúló-
jártak sajítkezüleg összeválo-
gatott diszkórus karvezetöjének
tisztíve ellátni…

……指挥为纪念本村正式成立满三十周年而由村书记亲手选拔的合唱队……

是完全不够格的，因为在退休前的三十年里他一直在当地的小学里教一个比一个更笨的孩子，更何况他的听音能力并没有提高，也没有完全掌握识谱技能的意愿，而且他也知道并确信，如果不做任何反抗就接受这项任命，他那四处受到威胁的、原本就会随时分裂的整体人格将会最终“破碎”。他两次回到房子的大门口，因为他在过去许多年里运转并不规律的记忆这一次也没有确切地告诉他是否（“……仍旧……”）忘记转动锁眼中的钥匙，在他确信门外任何人都不会（“至少立即……”）突然登门造访之后，他将信差留下的白酒杯洗净擦干，放回到原位，然后走进“多功能室”，用两只拳头抱紧脑袋，试着开启那强烈的哭泣欲望，就像紧张性口吃患者的口吃，这种想哭的冲动总是突然狡黠地袭来，自然让他成为“所有讽刺”的靶碟。实际上不仅如此，虽然当村里人——以他的妻子和村书记为首，而书记那几乎毫无限制的权力得益于他无处不在的使人们仿佛陷入沼泽一般，没有东西可以抓扶——几年前因为那个女人“不停的抱怨”而暗中威胁要将他送进疯人院的时候，除了他灵魂的“这项折磨人的声明”之外，人们也挑不出他的其他毛病，但是由于他无法摆脱这种强迫性的哭泣，只是大家的一致意见延后了这令人惧怕的决定，所有人都赞同“在那个女人的监管之下帕尼克可以受到很好的照料”。玷污和恶毒的言语自然并没有消失，可以说，他在家中的生活变得愈加艰难，因此在双重的威胁下——他既不敢上街，因为如果被人发现，即便是孩子也会惊恐地从他面前逃开，但也无法忍受妻子针扎般的、渴望将他抓个现行的目光——他渐渐躲进了如庇护所一般的“多功能室”，并试着不去注意在周遭快速蔓延的、逐渐强大的疯狂，用他自己的话说就是“那种失去控制的原始的愚蠢”，那时他就已经认定，假如他不能独自对抗任何的权威，那么所有人都会成为这种愚蠢的受害者。但这斗争起来并不容易，斗争几乎一天天地把他碾碎，因为他清楚地知道，要想挣脱这女人——这个“堕落荡妇”——的那些邪恶的、由未经证实的指责致密编织而成的罗网已经绝无可能（“我就像尝试对着一只染上狂犬病的狗阅读《登山宝训》[①]一样”），更不要说每当他想到此时此刻或许人们正在某个地方为他那不懈的努力和具有挑衅性的，但可以被理解的疏离打上“社会公害型精神病”之类毫无依据的耻辱烙印时，他总会为应对这可怕的压力而感到不知所措。人们在背后悄悄地议论说他已经半疯半傻，虽然帕尼克已将自己与所有紧张和疯狂划清界限，只有厌恶令他实在难以忍受；他“只是一个内心苦闷的平和之人”的论断只是提前道出了他想要达到的精神状态，可以确定的是，他每次都想表现正常，他想带着真心的快乐（“尽早……！”）使自己屈服于那种“凡事都有存在的理由”的无懈可击的平和，他不求其他，只求在所谓“现有的框架”下平稳地生活，并怀有清醒，这种清

①《登山宝训》指的是《圣经·马太福音》第五章到第七章里，耶稣基督在山上所说的话。《登山宝训》中最著名的是“天国八福”，这一段话被认为是基督徒言行及生活规范的准则。

醒——仅仅只是因为它隐藏在这些事物之中，隐隐作痛——不会不顾一切地否认一切有价值的事物的伟大。他认为就个人而言，他几乎没有其他机会，除非他重新开始练习简单的动作和看似毫无意义的行为，即不带任何疑问、没有折磨人的忘我、放弃对意义的永恒追问式的进门和出门，习惯性地拿起一只水杯，享受地喝上一小口，然后放回原处，坐着的时候只是坐着，走路的时候只是走路，抽烟、吃饭或睡觉时只是抽烟、吃饭或睡觉，但他知道只有在取得成功后，就像从猪身上拔掉猪鬃，他也从生活中清理掉了最后一个小问题，那时他才可以期待，这些动作和行为的应用能够使他不由自主地参与其中成为这个无法看透的世界里的幸福确定，而不是多余的、无用的反抗，因为他认为无法回答和提问永恒的刺痒是"为我们量身定制的第一个也是最后一个灾祸，是我们的真实的考验"。事实上他心中从未出现过极端的反抗方式（"……如果有人违背我们的意愿，就踢他的鼻子，如果有东西令我们软弱，就不断将它粉碎……"），他无法抗争，因为使帕尼克无法平静的并不是某个细节，而是“全部”：讽刺般潦草地勾画出无尽痛苦的日出，不断地提示着无法被救赎的日落，它们之间一个接一个让人困倦的、毫无希望的小时，想要攻破他内心的秋天，想要摧毁意义的冬天，于是他认为最正确的做法是不再去管他“并不应得的谩骂”，而是去建立基本习惯的封闭式的优雅，建立最大程度的依赖那几乎是几何式的秩序，以便自己日后能够完全适应，而他也最终会在这种秩序毫不动摇的中心得到应有的和平与宁静。在完全的精神集中之下，在努力触及确定实质的过程中帕尼克总是会遇到阻碍：在糟糕的日子里——哪一天不是呢？——他的思想会脱离正确的方向，令人无法理解地长时间困在“某些点上”，虽然作为坚持不懈的努力的成果，在过去的几个月里他成功地将注意力无法阻止的那些走神问题削减到两个，但是三天前当他的妻子出现一些先兆，继而因中风死亡之后，这类问题立刻就减少了，此时在片刻的绝望中他愿意相信他的任务还是超越了自己的能力，而他的生活仿佛舵手驾着卷入剧烈风暴的船，再也无法维持既定的方向。当有关上帝的忧思致使失败的焦虑将他占据时——就像现在，当他明显感受到了村书记对女人死后空出的“监管角色”不可抗拒的渴望时——他是那么的不安，整个人都在抽搐，他知道只有让自己投入一项儿时就有的，并从那之后从未曾停止过的爱好，他才能从中解脱，通过这种爱好，他就像将自己封闭一样“关掉”了自我，以便在往往长达数小时的放松和宽慰之后他能够像重生一般对抗几乎将他击垮的“困难”。在想哭的感觉减弱之后他将椅子拖向面朝后院的窗户，拍动整理了椅子上并不是出于舒服，而是因为他个头矮小所需要的坐垫，然后坐了下来，将罐头盒做成的烟灰缸放在大腿根上，用微微颤抖的手点燃了香烟，闭上了眼睛，由于他已经很久都没有把它从窗台前移开，他已无数次从这个位置伸出手去，因此他都不必朝那边看，手指此时已是本能般确定地摸到了设备镀镍的开关，然后滑到了调台旋钮上。他有台VEF206收音机——他省下每月的零花钱，说服妻子愤怒的、最初的拒绝（“我才不管！……但如果你胆敢在这里播放，我就把你的脑袋打开花！……”），买回来还不到一年——他明白——当然以他无法承受的价格——“有比这更好的”，但却从未后悔买下它，因为第一次试听之后他就发现，比起那台旧的、由曾经的人民电台出品的、设有两只猫眼似的旋钮的ORION牌收音机，这一款“各个方面的功能都更多”。突然响起的音乐就像读者随意翻开的一页书，因为缺少语境，以特殊的力量响彻房间，然而在声音组成乐曲之前，帕尼克却换到了下一个台，虽然他妻子的论断基于恶意的曲解，她也以此为由咒骂丈夫逐渐恶化的精神状态，并向村里人控诉（道：“现在收音机里放什么已经无所谓了，他只是不停地转动那可恶的旋钮！”），但毫无疑问他的注意力不仅仅集中在某个特定的节目或频道上，而是扩展到所有长波、中波和短波电台，仿佛他自己就是一台活生生的接收器，他也坚定地认为通过在世界的这个渺小、无足轻重的偏远角落里穿过的电波，自己一定与外界“存在联系”。如今他依然伴着脊柱周围令人舒适的、发麻的激动与地球上一个又一个的城市建立联络，今天当对于他来说通常自始至终从难以逾越的远方传来的那种无法理解的，但绝不陌生的声音响起的时候，他依然感受到了那种令人颤抖的惊叹，仿佛一个孩子第一次成为能够理解这种叫人无法平静的魔法的见证人，对此帕尼克很难找到最终的解释和从所有角度来看都令人满意的答案，因为在他心中任何说明性的知识都无法停止他对这一奇迹——他觉得是超人类的——的想象，虽然在认知的开始阶段他曾多次尝试在不同的科普出版物中寻找这神秘发明的“奥秘是什么”，他认为自己得到的那些关于电波性质、干扰信号、频率和晶体管的信息并不足够，也无法使他达到一定的知识高度。人们大可以议论他只是在不停地转动那该死的旋钮，他知道：自己如此便能远离这个世界尽头的封闭和令人心痛的孤立，随即进入外界的宽广，在那里听不到村民悲惨的尖叫，感受不到像雾气一样笼罩他们的“腐臭气味”，从那里冷静地回看，只能说下面的世界可能存在。如果听到维也纳、布鲁塞尔、巴黎或是伦敦的广播，帕尼克就连呼吸都会感到更加轻松，虽然他可以参看地理课本和各种图片杂志，但是复苏的想象力立即填补了缺失的知识：他看到了拥挤或是冷清的、可怕或是平和的城市，色彩斑斓、向前滚动的人流，整洁或是异常泥泞的道路，一个接一个的巨大的公园、广场、河流、湖泊和桥梁，漆满涂料的墙壁，华丽的霓虹灯广告牌，阴暗的运河岸边，熙熙攘攘的阿拉伯人、中国人、欧洲人，站在橱窗前面和坐在闪亮或是发臭的餐馆桌子旁边的男人和女人，示威者和坐在长椅上晒太阳的老太太，他从熟悉的近处，在处于特殊位置下的一片恍惚意识中看到所有的这一切，因为他认为只要他能够听到这远方的声音，以及这不寻常的讲话和音乐，他就是自由的，没有权力能将这种自由彻底剥夺。他调到短波，正巧听到了在这个时候——那是中午——能够清楚接收的节目，他几乎每隔一分钟就将调台旋钮在“48”兆赫前后拨动，然后又回到一个说着英语的、令人愉悦的、深沉的、坚定的男声，由于先前让人紧张的不安已经消失，他已恢复些许清醒，在这种充满力量的深沉声音的背景之下他开始尝试思考该怎么做，很难确定他是否还有机会拒绝村书记愚蠢的任命，对于他来说可以清楚预见其后果的旧日仇恨并没有在内心中再次复苏。这种潜伏数年，现如今又因为他的天然盟友“那个荡妇死了”，而又重新燃起的情绪，除了不合理的仇恨又是什么，即使村书记——就像他自己曾对帕尼克说过的那样——因为自己的公职，必须坚定地代表村民“坚决反对一切不寻常”的意愿是完全可以理解的，帕尼克也难以对这种情绪做出解释。这听上去完全就是没有说服力的辩解，因为帕尼克和村书记并没有私交（当然很少有人能够凭此夸耀，因为事实是有关个人的、并不确切与公共利益相关的指令和决定，村书记每次都会用字条通知，除此之外他从早到晚不知疲倦地走街串巷，造访酒馆、教堂墓地、商店和办公室，调查“亟待解决的问题”），帕尼克清楚地记得自己刚刚退休之后的那段时间，威戈罗斯塔，这个曾是副书记的信差每天多次敲开他的家门，带来恐吓语气越发强烈的、由于最后一次的修改而几乎无法阅读的字条，即使书记总是用一种令人尴尬的方式请求他“作为一名知识分子，一并改正其措辞中可能出现的错误”，因为正如书记写道，他用尽一切努力“使句子通顺”，但却无法成功。由于帕尼克透过这令人意外的请求看到了一定程度上的宽容和个人同情的迹象，他自然在一开始以为如果自己能将书记那无可奈何而错乱的、在中段就已经上气不接下气的长达数公里的思想结晶分解成三个、四个，有时甚至是五个更简单的句子，并正确运用后缀在看似无可救药的语言混乱中建立秩序，他将改变自己的命运，然而他很快就意识到自己的期待是徒劳的，因为村书记——就像他告诉帕尼克的那样，正努力“接受”帕尼克“举世无双的修订”，并在提出新的修改请求的同时——渐渐开始公开用疯人院来威胁他，“如果他不停止这引发恶劣公众氛围的哭泣，如果他不能立即清醒，不能按照一个正直的匈牙利人应有的秩序和方式行事的话”。随后突然间威戈罗斯塔不再来了，于是一时间村书记也实际上从他的生活中消失了，从那时起直至今日他都没有收到更多类似的字条（虽然在三天前，当心碎的医生所说的话“我宣布病人已死亡”在厨房地板上躺着的大块头女人逐渐冷却的尸体上响起的时候，他料想到了，字条不久就会来），因而毫不奇怪，他如今会在最初的惊吓中感到自己不仅必须屈从于他将参加——因为除此之外他又能怎么办？——村民们的又一项庸俗活动的想法，而且他必须认识到村书记会用一件又一件“社会工作”来骚扰他，直至他生命的尽头。他沉浸在思考中，很久才听到威戈罗斯塔在大门上的敲打，威戈罗斯塔就像在其他那些需要递送许多信件的下午一样，这一次也因为醉酒而两眼呆滞地靠在墙上，将领导的又一个“紧急的”信息交给帕尼克，然后胆怯而坚定地跟着帕尼克走到餐桌前，一口喝掉了与自己的服务等同的、用白酒计量的相应回报。从信息的语气上无法判断出村书记委婉的意图，因为除了——书记很遗憾地承认——对先前字条上漏掉的、简短的、混乱的表达同情之外，他只写道：

... az elsö próba öt (5) kor a Kul-
túrban, és mint felkért karve-
zetö a mi kis falunkért — ha-
tározott kérés ez! — elöre!
mert

……第一场排练于五（5）点在文化馆，您作为受邀指挥必会为我们村——这是明确的要求！——而前进！因为

kiss magunknak épitjük, ezt
ne felejtse el, bár maga ezzel
természetessen...

由于您别忘了，我们是在为自己进行建设，虽然您自然……

但当帕尼克艰难地读完写满扭曲字母的小字条的时候，就连他自己也不再在意这不远的将来，因为仿佛村书记进行了暗示，他突然想起提到明天的葬礼和丧事，他还有希望拒绝书记热情似火的提议。他架着威戈罗斯塔的胳肢窝，成功地将其推到大街上，然后他看到威戈罗斯塔蹒跚地走了几步之后无可奈何地斜踩进了人行道旁的下水道，并关上了门，回到“多功能室”，打开了播放着摩尔斯密码的仪器，在这突然恢复的寂静中，强大的平静回归，原先的平和再次出现，看啊，这种平和——他带着些许自豪认定——仍旧不会被轻易干扰。他决定事先并不说明借口，等到因为他的缺席，书记的新字条到来时再说也不迟，他在窗台边找位置坐下，在一片完美无损的寂静中，如释重负地沉浸在等待、思索、回忆和不断推进的想法里，他将手放在扶手上，倚着靠背，脚却微微悬在半空中，因为垒高的坐垫而无法完全触及地板。他坐着，感受坐带来的愉悦，并沉溺其中，不受干扰，即使在自己悲惨的命运之中他也已慢慢地踏入永恒，但在这布满水印的墙壁之间，在磨损的家具旁边，在肮脏的天花板下面，在凌乱的、倾斜的床铺散发出的一成不变之中，在憋闷的、臭袜子味的房间里，几个小时对于他来说不知不觉就飞逝了，天还是渐渐黑了。他站了起来，走进厨房，想吃点东西；他打开罐头，坐在桌子旁边，就着几口面包用勺子吃完了没有加热的食物。他点上烟，洗净勺子和威戈罗斯塔的白酒杯，然后倚在苹果绿的橱柜上看着香烟散发出的烟雾缓缓盘绕着上升。随后他听到了敲门声，并为已有些清醒的信差开了门，他接过了方形的字条，将威戈罗斯塔请入厨房，然后——在这个抱怨“浑身无力”的、疲惫的人摇头回答了自己的问题（“你不想来点啤酒吗？”）之后，帕尼克给他倒上了白酒——他坐在桌边，写下了回复。对于

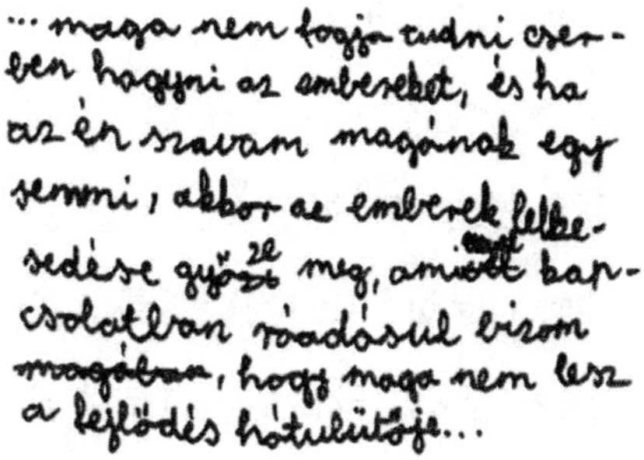
…maga nem fogja tudni cser-
ben hagyni az embereket, és ha
az én szavam magának egy
semmi, akkor az emberek lelke-
sedése győzze meg, amivel kap-
csolatban ráadásul bízom
magában, hogy maga nem lesz
a fejlődés hátulütője…

……您不会放任这些人不管的，如果我的话对于您来说什么都不是，那么人们的热情将会把您说服，对此我相信您，您不会成为发展的短板……

的一番话，他很想大笑，因为他确信：如果自己用“考虑到新近的丧事和明日的葬礼”来遗憾地拒绝这光荣的任务，就连村书记也不可能对此有任何异议。帕尼克将回复塞到威戈罗斯塔手中，提醒他“不要在路上弄丢”，然后将他送到门口，关上了门，帕尼克认为现在任何事都无法威胁到他的平静了。他再次将白酒杯洗净，把椅子推到桌子下面，用抹布将信差留在地板上的泥脚印擦去，然后回到“多功能室”，脱下衣服，听了一会儿收音机便很快进入了梦乡。夜晚在平静中度过，多年以来他第一次没有在睡梦中惊醒，但在黎明时分邻居那吵闹的公鸡将他吵醒，正当他决定八点之前都不会离开床铺的时候，他生气地听到外面又有人在不耐烦地敲门。“谁啊?”帕尼克透过紧闭的门问道，他光着的双脚不停地在冰冷的地砖上走动。“还是我!”威戈罗斯塔尖细的声音响起，“快开门啊!”这次的信息超越了迄今为止所有的威胁，村书记不为所动，并没有理会帕尼克的推辞，他写道：

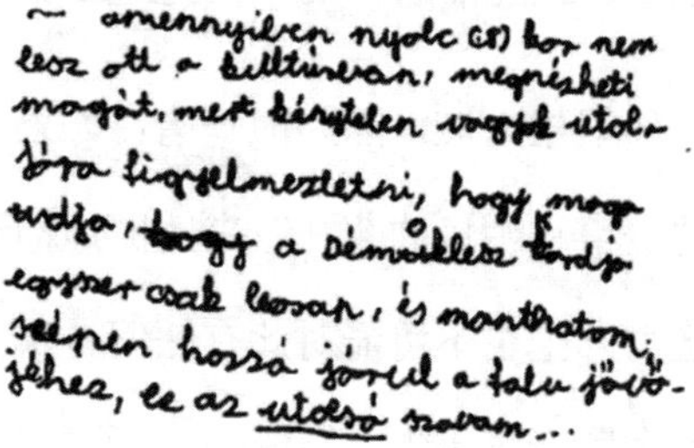
~ amennyiben nyolc (8) kor nem
lesz ott a kultúrban, megnézheti
magát, mert kénytelen vagyok utol-
jára figyelmeztetni, hogy maga
tudja, hogy a Démoklesz kardja
egyszer csak lecsap, és mondhatom,
sejtem hozzá járul a falu jövő-
jéhez, ez az utolsó szavam...

……如果八（8）点不出现在文化馆，您就等着瞧吧，因为我必须最后一次提醒您，您知道达摩克利斯之剑是会落下的，我敢说您会为本村的未来做出贡献，这是我的最后通牒……

帕尼克因此明白，如果在这之后他仍旧抵抗，等待他的会是什么，他只是对着面色有些发青的威戈罗斯塔说："你们都去死吧！"信差就立即带着讯息跑开了。村书记的这封"邪恶的信"眨眼之间就将昨晚似乎无法撼动的希望击得粉碎，他的平静突然消失了，整个人坐立不安，在屋里来回踱步，仿佛已落入陷阱，但是在身后摔上门，在空中挥舞拳头也无济于事，他知道现在除了顺从，承认他们赢了，然后试着通过某种方式忍受"愚蠢的自我庆祝"之外别无选择。毫不奇怪，在这种状态下，在或许是由那无能为力、令人窒息的压迫感产生的一股突然袭来的、强烈的，但幸运的是很快就消失了的想哭所引发的软弱中，他突然意识到——纵使自己如此希望摆脱此类想法，因为它们不但干扰到了需要极大自律才能"进行正常生活"的努力，而且它们的无法破解几乎立即将人击倒在地上——自己又一次在"思考上帝"了，他无法抑制内心那种"笨拙的渴望"，妄想在这不可思议之中站稳脚跟。帕尼克在长期的斗争之后，在许多年前就已看透，人格化的上帝、干涉者、创造者、惩罚者、审判者——这里的牧师的神，牧师直到女人死的那天晚上都潜伏在房子周围，以便悄悄将丧事办成宗教性质的丧礼——已完全消失在昏暗之中，在这昏暗里需要重新找回全新的信仰；然而如果上帝仍旧存在，它会在哪，会是什么样的想法却让他无法平静，他尝试去忘记收音机的神秘，虽然一开始他就认为这绝不可能实现，受到已掌握的关于电波性质的知识的启发，他突然想到了一个无法被证实的假设，或许上帝是属于空间中一个对于他们来说无法靠近、无法破解、不可思议的联结，是空间最稀有的"绝对通透"的构架，是空间的发生，对于我们来说什么都不是。当他为这种可能性感到惊讶的时候，他几乎已经头脑混乱到以为如果自己能将跳台旋钮正确地转到一个极端的波段，也许就能收到"来自上帝的讯息"，他尽力使自己"立即清醒"，因为他清楚地知道这样下去他很快就会疯掉，而"疯狂之中并不存在神"。但他却无法完全摆脱这种特殊的想法，就像其他时候，当"这种裂缝"威胁到"生命之船"时一样，他这次也强迫自己平躺在床上，将注意力集中在天花板的缝隙上、门把手上、香烟缭绕的烟雾上，因为只有这样他才能重新找回自我。他过了一会儿便起身，用水漱了一下干涩的喉咙，在正要回“多功能室”的时候看了看挂钟，发现该出门了。他生气地穿上大衣，锁上身后的门，冒着蒙蒙细雨在泥泞的路上出发了。他决定在到达文化馆肉色的建筑之前无论如何也不让自己动怒，但在大厅里的“一阵绵羊叫般的”问候之后（“早上好，老师!”），当他看到即将组成合唱队的良莠不齐的、冷漠的、无精打采的成员时，他几乎无法控制自己的脾气，无法克制自己不要朝他们扔东西。但帕尼克还是站到他们面前，随后这些人也开始挪动，然后在他们说清楚一个小时之后开始的庆祝活动的节目是什么（“书记说是国歌，”一个长有雀斑的胖乎乎的女人说，“因为我们会唱。”）以后，帕尼克对他们吼道：“都站直了！现在开始!”但是当——简短的争吵之后，因为合唱队坚持让“老师指挥起唱”——他的耳朵听到刺耳歌声开始的时候，他便挥舞双手让他们停下，绝望地环视已经挂满国旗的大厅。村书记不见踪影，于是他找到了一个站在紧急出口处的工作人员：“跟您的领导说，我无法用这样的声音进行工作。”“书记认为合唱队很好，”已经穿上庆祝服装的胖女人红着脸，用稍稍受到冒犯的语气说道，“您要好好干。还有……请您至少听他们唱一遍，这样您就可以指挥了。”帕尼克冲她摆了摆手，坐在一把椅子上，直到一只宽大的、温热的手落在他肩膀上时，他才又动了动。“瞧瞧！”发福的村书记说，他喘着粗气，一边用手帕擦着冒汗的额头，一边走上昨晚搭建好的舞台。帕尼克环视四周，大厅里已经挤满了村民，他绕过舞台，站在合唱队员前面，然后指挥起唱。他感到紧张得恶心使他无法忍住想哭的欲望，但他是幸运的：在惯常的感动之中谁都没有注意到他的眼泪像小河一样流淌，他哭红了双眼坐在“过去未来”[①]逐渐平息的喧闹之中，就像当工作人员再一次提醒他，大约一个小时之后他得再次站在合唱队员前面，在最后的“鼓舞人心的”“总结性的”“经过深思熟虑的”“展望近在咫尺的明天的”讲话和迷人的少先队员受到热烈欢迎的诗朗诵之后作为压轴再一次指挥第二遍

① “过去未来”：此处指匈牙利国歌中的最后一句歌词。

也能激发出深厚情感共鸣的知名曲目时，他挂满泪水的脸也没有引起任何注意一样。提到离葬礼开始只剩半个小时的情况使他在一阵表示满意的用力拍打肩膀之后，成功躲过了和村书记的对话，然后他不被察觉地从吵闹的大厅溜了出去。他冒着倾盆大雨走过空无一人的街道，从远处就已看到两个掘墓人、墓葬公司的人和葬礼司仪正不耐烦地、板着脸在墓地门口等待。“我们可以开始了。”司仪在和帕尼克握手时立即提议道。帕尼克一言不发地点了点头，然后几个人绕开了仍旧希望进行宗教丧礼的牧师，走进了殡仪馆。悼词很简短，四个人已经把棺材抬上了泥泞的道路。当两个掘墓人互相责备对方，接了这趟活，并备受湿软的、泥泞的地面折磨的时候，帕尼克在想这女人，他在想她会成为什么。昆虫的食物？各种盐？很显然还有……这个，那个？帕尼克支付了这些人的报酬，向因为同情而眼神温柔的司仪告别（“您知道，”他悲伤地看着帕尼克，“不管我怎么做，我还是无法习惯……”），在逐渐减弱的蒙蒙细雨中开始往回走。他想到了“多功能室”，想到了厨房冰凉的地砖和苹果绿的橱柜上面悬挂着的光秃秃的灯泡，想到了“基本习惯封闭式的优雅”，想到了储藏室里成堆的炖蔬菜罐头，以及等待着他的空荡和安静，他感到自己的喉咙突然开始哽咽。当他抵达文化馆肉色的建筑——正要穿过街道去路的另一边时——突然一群穿着少先队服的孩子开心地欢呼着从他身旁跑过（在那一瞬间几乎……将他包围），这幸福而纯净的声音似乎击中了他，突然……使他目瞪口呆，他站在马路中央，全然不知在他周围跑动着的、不安的人群，他一直没有离开，直到布满泥点的救护车开进由惊恐地站着、窃窃私语、相互推搡的村民围成的人墙。为了使人安心，帕尼克立即向从驾驶室跳出的两个穿着制服的人说他“已经看清了”，接下去不会进行任何反抗，他只是要求被带去的地方不能有收音机，因为——就像他在通往城里的坑坑洼洼的道路上摇晃着艰难前行的，在傍晚的昏暗中仅凭一个光秃秃的灯泡照明的车里向将手友善地放在自己肩膀上的救生员不断重复的那样——他终于明白了，听收音机，正如随后他更详细的讲述一样，并没有带来

“自由的甜美”，因为——人们应当原谅他——他只是尝试通过这种方式来削减“挥之不去的孤独”和“从来没有被任何人爱过”的备受折磨的感觉。

（康一人 译）

最后一条船

纪念沃罗什马尔蒂·米哈伊[1]

我们出发的时候，天色仍很黑暗，尽管我们心里非常清楚，这种愚蠢的乐观情绪早已没有了任何的意义，想来现在到底是白天还是黑夜，其实根本无所谓，但我们还是更愿意相信，今天也会跟往日的任何一天一样黎明破晓，旭日东升，阳光普照，光线会照射到地球上。

---

①沃罗什马尔蒂·米哈伊（1800—1855）：匈牙利诗人、作家、剧作家和律师，匈牙利科学院院士，匈牙利浪漫主义文学最重要的代表人物之一。

总而言之，天会变亮，我们将看到彼此，看到对方憔悴、皱巴的面孔，看到眼袋松垂、布满血丝的眼睛或后脖颈上堆积成环的皮肤，看到我们身后时而旋流湍急、时而归复平静的河水，还看到码头沿岸荒凉的建筑以及夹在其间的完好无损、空荡寂寥的街道，而后是城外缓缓的堤岸，整条堤岸，随时都有坍塌的危险。我们在黑暗中出发，即便很少有谁会开口跟其他人交谈（假如真能在通往多瑙河畔码头的路上遇到什么人，假如真会有什么人从他们身边走过或他们从什么人的身边走过的话！），但对彼此而言，他们魂灵一般、影子一样的模糊轮廓仍旧非常重要，因为我们只有通过这些轮廓才能判定我们此刻的位置和正确的方向，因为无论这里还是那里，疾驰的夏娃特别行动队越野吉普的车灯与其说是在帮助我们辨认方向，还不如说是在晃瞎我们的眼睛，一切都似乎充满了风险，现在我们实在无法依仗平时的经验。经过长达几个星期的痛苦等待之后，今天我们终于在黎明十分激动地从扩音喇叭里听到，并在手写的海报上看到了准确的出发时间，经过这些天绝望的踌躇，我们都没有等待拂晓的愚蠢仪式拉开序幕，就从首都不同的——近处的和远处的——街区出发了，所有人都从地底下钻出来，就像耗子一样，耗子由于它屡经磨难、却总能幸存下来的惊人生命力而近乎变成某种神圣的动物。在过去几个月里，出发的时刻成了我们唯一关注的对象：人们从地窖里、洞穴里，从曾经作为藏身处挖掘的坑洞里，从防弹掩体或临时性的防空工事里，或者从——如果有谁连前面列举的这些地方都不觉得足够安全，他们有可能躲进的——地铁里或郊区小火车的隧道里，从土耳其浴室或地下维修站的深处，或从被认为最安全的下水道系统的迷宫里走出来，动身踏上或长或短的路途，背着他们早已准备好的行囊，或者两手空空。不过，若说“大街小巷很快挤满了人”还是有一点夸张，因为——正像后来被证明了的那样——我们留在城里的这些人总共不超过六十位，因此夏娃特别行动队指挥部的判断非常正确，他们只需用一条中型的多瑙河游轮就能够准确地完成预期的目标。当然，在我们中间也有人——当然只是到出发的那一刻为止——惴惴不安，因为所有人都清楚地知道，在陆运和空运都无可能的情况下，我们逃生的唯一出路是：水运。在我们抵达码头之前，我们最担心的是我们的行李，那些由大大小小的皮箱、旅行包、口袋、纸盒组成的行李或很难被称作“行李”的东西；由于我们处境的性质导致，我们起先基于理性收拾在行李中的日常用品逐渐开始被各种更加私人的物件所替代，直到最终我们没能留下一件实用的东西，放羊毛衫的地方塞进了一只自鸣挂钟，装面粉和做点心用的巧克力的地方被火花收藏占据了，在出发前的几天里，一只木制烟斗似乎也要比酒精炉更重要，几个贝壳要比治牙痛、头痛的止痛药更珍贵。我们以不同的方式承受了这个清醒的认知，这两种解决方案无论哪一种都同样地毫无意义：有的人拖着自己全部的行李穿过整座城市，疲惫不堪、气喘吁吁、腰酸腿麻地来到码头，也有的人两手空空赶到，还有的人攥着拳头悔恨地表示，有些东西他们真不应该丢在途中。不管怎么说，我们一个接一个地分别到达了“临时码头”，这时我们方才弄清，我们总共不到六十个人，只是负责扮演前哨的角色。最让我们惊愕的是这条船，这条寂静地隐在黑暗中的游轮，当我们从通向码头的街道走出来时，断定自己不是在做梦，没错，水上确实停泊着什么！一股如释重负的感觉突然袭来，但是这种轻松的喜悦稍纵即逝，并不能压倒我们内心的恐慌。这条“中型的多瑙河游轮”在我们看来，更像是一条只能顺流漂泊的破烂旧船，某个旅行社只是用它载上一队郊游的学生在河上慢慢漂荡，而替代一次真正的水上航行。上船后过了很长的时间，这条专为我们派来的游轮已经吃水很深，看上去似乎再多上三四个人就足以让船下沉到河底，因为一排比一排高的浪头已经溅到了甲板上。我们的担忧越来越大，船没有任何启动的迹象，无论我们怎么转动脑袋左看右看，连一个船员或夏娃特别行动队军官的影子都没有见到，驾驶舱里漆黑一片，就像空荡、死寂的河岸码头。我们越来越急切地等待能有什么人出现在游轮指挥台上，或最终能有一辆夏娃特别行动队的越野吉普出现并开始检查我们的身份，与此同时，我们对于这条船的疑虑有增无减，因为经过仔细观察，我们在船的侧面和甲板上发现了越来越多缺失的部件：船头下有几个巴掌大的圆洞，像是被炮弹穿透过，有好几块船板缺失，驾驶舱侧面的窗玻璃被打碎了，等等，问题很多，甚至连系船的缆绳都快烂掉了，有一个系船的缆桩，歪斜着从码头上的水泥地里伸出来，就像一只从地底下钻出来的阴险怪物。我们站在凛冽的风中喋喋抱怨，并且意识到，如果这样仔细地检查下去，我们很可能会被一股危险的抱怨所淹没，会被愤怒的火焰所吞噬，我们开始用越来越尖锐——并没采取任何行动——的词语讥讽这条惨不忍睹的破船，尽管它多少为我们提供了一点庇护，让我们感受到得救的喜悦和安全感。后来，讥讽和抱怨声此起彼伏，让我们体会到一种久违了的释放感，即使开始时最沉默寡言的那些人，也时不时地开口说话，对别人的言论做出补充，比如有人说“这条破烂的木船”，有人便会紧接着说“眼看就要散架的朽木”，之后又有人添油加醋地奚落它是“废物，没用的垃圾”，拘谨的微笑伴着船身吱吱呀呀呻吟般的声响，那种感觉就像将散装在衣兜里的碎珠子穿到了一起。当两辆夏娃特别行动队的吉普车分别从直通码头的两条平行的街巷里几乎同时驶出，伴随刺耳的刹车声，猛地停在我们始终有点分散的人群旁时，这时候我们已经确信“我们这条船是不会把我们丢下的”……特别行动队士兵的从天而降，并没有引发特别的骚动，只是唤起了一种近乎愤怒的满足感，中尉不得不冲我们咆哮般地下令，我们才被迫挪动脚步将人群分成了两队。几年前——毫无疑问——我们哪怕只是看到一件白色制服或一辆越野吉普车出现，就会被吓得心脏狂跳，堵到嗓子眼，惊恐万状、冷汗淋漓地趴到墙根下，但是自从指挥部也随着大部队一起撤离后，只留下了一支虽然号称但名不副实的特遣队负责输送留下的余部。军纪完全瓦解，秩序彻底混乱，小伙子们穿上曾经令人胆寒的制服，连翻译都不需要带，因为掠夺财物不需要说话；因此不难想象，过去的坚韧不拔只剩下了呻吟，曾经的所向披靡的凛凛威风只剩下空洞、丧失目标、绝望和可笑的“颓丧”。虽然根据过去的经验，我们断定，船上曾经运转正常的机械，如今只不过是看上去相似的复制品，但是即便如此，我们还是愿意相信，它们现在还是会攒足气力拼命一搏，迅速地完成最后的使命，至于外观看上去如何已不再重要。可是，又过去了很长时间，还是什么都没发生。从一辆吉普车里跳下四五个穿便装的人，他们被簇拥着来到船上，他们脚步踉跄，耷拉着脑袋，从我们身边经过的时候连瞅都没有瞅我们一眼；随后他们仔细检查了我们的行李，由于没有一样行李能够引起他们的兴趣，他们恼火地将几只皮箱和包裹扔进了水里。后来，他们时不时在我们中间的某个人背后突然停下，但并不能制止人群的交头接耳，更不要说处罚我们了。他们的这种无可奈何，也让我们感到十分扫兴，因为我们不得不正视这个事实，他们不可能理解：我们刚才表现出的顽固抵抗，随着时间的推移已经命中注定地转化为合作的意愿，毫无疑问，这对一个——为了保证其自身的运行，保持不断的抵抗要比胜利更重要的——组织会产生导致瘫痪的作用。后来，当这种荒谬的处境对他们来说开始变成折磨时，他们别无选择，只能毫不拖延地开始检查身份；我们必须重新站队，站成一排，冲向船上的指挥台，这时候他们已经不在乎我们的队伍只维持了几分钟就开始涣散，看上去更像一群疲惫、混乱的乌合之众，而不是一个有纪律的团队。为了核实我们的身份，他们费了不少的气力；但对我们而言，不管他们接受我们中谁的证件都是一样，因为无论是我们的身份，还是我们的个体，都没有太多本质上的区别。我们的证件并无任何隐瞒，想来连我们自己都难以断定哪些是真，哪些是假；在我们看来，无论哪个名字或哪条信息都可能与我们个人相关，因为我们都无法预测，“自己当谁更好”，所以我们决定，既然这么多人聚在了一起，那么就一起留下。我们陆续登上的这条船，始终没有任何表示“将要启航”的迹象，虽然驾驶舱里的灯已经亮了，我们神情淡漠地注视着那两个动作犹豫的穿便装的人，因为看上去他们在驾驶舱里正不知所措地摸索什么，似乎只是凭着运气拉某根操纵杆或按某个按钮，寄希望于偶然的幸运，万一能找到某个正确的开关；而另外两三个穿便装的家伙已经在船舱下消失了很久，毫无疑问，他们被派去修理发动机的故障，“几乎”可以肯定，那几个懒汉下去之后的第一件事就是找一个舒服些的地方，能够踏踏实实地睡一路的觉（后来证明确实如此）。在这种令人绝望的情况下，过了好久，大概过了有半个小时，我们突然意外地在脚下感觉到轻微的震颤，随后我们确定无疑地听到了马达勉强转动的嗒嗒声；驾驶舱里那两个穿便装的人高兴地相互点头示意，我们看着他们，身上也被感染上某种类似的欣慰感。然而，一个莫名的念头突然袭来，令人不寒而栗：现在，当我们已别无选择地即将离开这里，说不定会发生什么突然的变故，最终还是被迫留下来。马达居然转动了！这个结果出乎意料，现在已不会再有什么巨大的阻碍，可以肯定，我们的船即将启航！我们突然失去了耐心，感到立即启航，至关重要！现在，马上，刻不容缓！哪怕再等一分一秒都不行，因为我们全都认为，大批人马很快就会赶到，一旦那样，我们还会再等几个小时。周围的情况也强化了我们的误解：夏娃特别行动队的士兵们也显得没精打采，他们闲散、沉默地站在码头上的吉普车周围，一支接一支地抽着烟，因此我们有理由认为，他们也做好了再等几个小时的准备；其实他们的任务只是等待轮船开走，城已是空城，他们没有必要严阵以待。我们没能想到这些，所以紧张、焦虑地盯着通向“码头”的两条平行街道的路口，心里恨恨地暗想，那些家伙可能现在刚从他们藏身的洞穴里钻出来，鬼知道什么时候，会突然涌现在河岸码头。我们站在那里，仿佛盯着隧道黑暗的洞口，料定会有人从那里出现。时间慢慢地流逝，但始终不见一个人出现在视野里，我们的怨恨很快变成了忧虑，因为我们无法想象这个废弃的首都会空无一人，这个念头令人难以承受。我们中的有些人将身子伏在轮船的围栏上，由于我们盯视得太紧，视野开始变得模糊，但这一切努力都是徒劳，始终没有任何人在路口出现。后来，当那位夏娃特别行动队中尉轻蔑地朝那两个身穿便装的人打了一个手势（另外几个家伙仿佛被船底吞噬了），他们解开缆绳，拔起铁锚，我们全部站在甲板上，眼睛盯着街口，我们还是无法相信这个事实：我们上路了！想来，我们还需要一些时间消化这个荒谬的想象，它一方面暗示我们，有些人最终会留在这里，另一方面告诉我们，这座荒芜了的城市的空寂与癫狂。当我们的视线从吉普车和没精打采的士兵身上移开的时候，有些人长长地舒了口气，并试图发出欣慰的表示；然而，大多数人直到突然——“几乎同时地”——意识到天光已经大亮了时，这才如梦方醒般地回到现实。慢慢地，我们在船尾和驾驶舱周围安顿下来，尽力让自己的身体感觉舒适一些，而后，有几个人试着跟那两个穿便装的人搭话（尽管成效不大），至少想大致了解一下，接下来的几小时会发生什么？我们是否会在边境休息，还是等过了边境之后？我们试图揣测，在这条显然仍在夏娃特别行动队管辖之下航行，但事实上并没有士兵护送的轮船上，我们有没有什么优势？这一尝试没有成功，我们也没有感到意外。事实上，我们甚至都不清楚：我们“一无所知”是不是更好？随身带了食物的人，有人吃了几口，也有人稍微睡了一会儿，而后所有人都望着两岸的风景向后慢慢滑走，注视着被甩在身后的废弃瞭望塔不规则的螺旋状轮廓，耸立在远处的防御工事的飞蛾形状，由于干旱而龟裂的机场跑道的缓和波浪，被烧焦的松树林在绵延起伏的丘陵留下的记忆；我们听着风的呼啸声，马达单调的轰鸣声，多瑙河水拍打船舷的哗啦声，以及附着在我们身上的平和的宁静，这种宁静只偶尔被几个疲惫不堪的同伴稍纵即逝的不祥预感所侵扰。我们的船以同样的宁静向上游行驶，由于它们的命运与我们的相似，只是它们的方向与我们的相反，所以我们的注意力很快默默地转向那些顺流漂下或我们沿途看到的东西：被冲上河岸的、生锈的破脸盆，横卧在河滩石头上的门敞开的冰箱和煤油炉灶，从旁边漂过、被拦腰折断的树木残骸，汽车轮胎和车座，铁皮桶和塑料玩具，鹿、狗和马的尸体，就这样，不管什么东西出现在我周围，我都会越来越感兴趣地注视着它们，直到我惊愕地意识到，我们的好奇心，我们的癖好，甚至有的时候，我们的同情心，只是由于它们漂流的方向而被激发起来。很快，我们全都沉入了梦乡，有的人有能盖的东西，有的人没有，于是他们将手揣在口袋里蜷缩在甲板上某个避风的角落里尽力忍受；只有两个穿便装的人还清醒地站在亮着灯的驾驶舱里，得意地、一声不吭地注视着前方被船头劈开的平静水面。夜幕慢慢降临，我们由于疲惫，始终昏昏沉沉地躺在那里，这时候我们中间有一个人爬了起来，旁边的人低声抱怨，那人向后走到船尾，而后被漆黑的夜色吞噬了，现在他指着永远消失的远处风景，带着苦涩的如释重负感大声说道："看哪，那就是我们刚离开的匈牙利。"

（余泽民 译）